Willibald Rothen

DER SENATOR

Für meine Großmutter

Bibliografische Information der Deutschen Nationalbibliothek:
Die Deutsche Nationalbibliothek verzeichnet diese Publikation in der Deutschen Nationalbibliografie. Detaillierte bibliografische Daten sind im Internet über http://www.d-nb.de abrufbar.
ISBN 978-3-85022-363-8

Alle Rechte der Verbreitung, auch durch Film, Funk und Fernsehen, fotomechanische Wiedergabe, Tonträger, elektronische Datenträger und auszugsweisen Nachdruck, sind vorbehalten.

© 2008 novum Verlag GmbH, Neckenmarkt · Wien · München
Lektorat: Mag Ulrike Bonarius

Gedruckt in der Europäischen Union auf umweltfreundlichem, chlor- und säurefrei gebleichtem Papier.

www.novumverlag.com

Der Tag war trübe und leer, die Dämmerung kroch durch das Gebüsch, fiel über die kahlen Bäume und legte sich bleiern über den Grasteppich. An seinem Schreibtisch sitzend sah der Senator gebannt durch die kleinsprossigen Fenster hinaus in den fast schon riesigen Garten. Vage vermeinte er, einen Zug von Menschen durch den Garten schreiten zu sehen, noch unklar in ihren Umrissen. Das Blickfeld konkretisierte sich, denn er sah plötzlich seine Großmutter, wie sie einen Laib Brot schnitt und jedem der Menschen, die in einem langen Zug vorbeischritten, ein Stück davon gab. Mit Kopftuch, bauschigem Rock und eng anliegendem Brustteil stand sie mit festen Bauernschuhen auf dem Boden und gab den vorbeiziehenden Menschen ein Stück Brot. Hungernde Menschen, die in der einen Hand ein kleines Köfferchen oder eine Tasche trugen und die die andere Hand fast gierig zum Empfang des Brotes aufhielten. Schleppend zog sich der Zug von einer Seite des Gartens zur anderen, kam aus den Büschen und verschwand in ebensolchen. Der Senator wischte sich über die Augen, das Bild verschwand. Der Garten in seinen noch winterlichen Farben lag wie ehedem da mit Schneeresten unter den Büschen, kahlen Bäumen und mit einer grünbräunlichen Grasfläche. Spontan stand er auf und ging durch die Türe in den Garten hinaus, atmete tief durch. Doch die Bilder standen wieder auf und wurden lebendig.

Es war jener Tag, als man die ungarischen Juden in der Dämmerung die Gasse hinauf trieb, manche fremdartig in ihrem Aussehen mit langen Bärten, langen schwarzen Mänteln und ebenso schwarzen Hüten auf den Köpfen und Frauen, die keine Kopftücher trugen, wie die Frauen des Dorfes. Damals als der Zug von erschöpften Menschen mit schlürfenden und schleppenden Schritten die Gasse entlang getrieben wurde, stand Adolf mit der Großmutter an der Haustür, als eine der Gestalten die Hand ausstreckte und „Hunger" sagte. Großmutter eilte ins Haus, holte einen Laib Brot und ein Messer und schnitt Scheibe um Scheibe ab. Der Zug geriet ins Stocken, da sich immer mehr Hände der brotschneidenden Frau entgegenstreckten. Einer der Bewacher kam auf sie zu und schrie sie an, sie könne sich gleich einreihen, wenn sie davon nicht abließe. Und er trieb die Stehengebliebenen mit dem Gewehrkolben weiter. Doch Großmutter ließ sich nicht beirren, schnitt weiter Scheibe um Scheibe und gab sie den entgegengestreckten Händen bis zum letzten Krümel. Dem Wachsoldaten, einem blutjungen Buben, schleuderte sie schreiend ins Gesicht: „Du Rotzer, mein Schwiegersohn war ebenso ein Fanatiker wie du und wo ist er jetzt?" Adolf war betroffen. Doch Großmutter ließ eine weitere Aussage offen, sodass Adolf mutmaßte, dass sie vielleicht mehr über den Vater wisse. Er stellte sie später misstrauisch zur Rede, aber sie stritt alles ab.

Als der erste Laib verteilt war, holte Großmutter noch den angeschnittenen aus der Tischlade und schnitt ihn ebenso bis zum letzten Krümel auf. An diesem Tag gab es kein Abendbrot. Großmutter brauchte nichts zu sagen, sie schauten sich nur in die Augen und verstanden sich.

Seit dieser Sinnestäuschung trug der Senator den Gedanken in sich, so ein Denkmal im Garten aufzustellen und es wurde Wirklichkeit, trotz des vorersten Widerstandes seiner Frau. Als sie jedoch sah, wie viel ihm daran lag, willigte sie ein, zumal sie es als Sühne gegenüber ihrem Volk empfand. Und so wurde ein Künstler damit beauftragt, die Figuren zuerst zu modellieren und nach ausreichenden Besichtigungen in Bronze zu gießen. Der Senator trug viel zur Vollendung bei, feilte an der Physiognomie der Gesichter, die durch Hunger und Entbehrung gezeichnet waren, an der Haltung der gierig dem Laib Brot entgegengestreckten Hände, an dem Schnitt des Messers durch den Laib und schließlich an Großmutters Gesicht, das von der Anstrengung des immer währenden Brotschneidens gezeichnet war, an ihrer Bekleidung, welche wohl in Amerika als exotisch zu bezeichnen wäre, nur vergleichbar mit den Quäkern oder anderen religiösen Minderheiten. Schließlich waren die Figuren lebensecht und wurden in Bronze gegossen. Alle streckten sie dem Laib Brot ihre Hände entgegen, ihre Augen waren auf das schneidende Messer gerichtet und nicht auf die Großmutter. Eine Hand hielt bereits eine Scheibe, obwohl das Messer sie noch nicht fertig abgeschnitten hatte. Eine andere Hand versuchte, die Scheibe von der Seite her zu fassen. Wieder eine andere, dürr und spinnenartig, wurde nur zögernd vorgehalten, so als würde sie nur den Anspruch auf die nächste Scheibe erheben.

Als das Monument im Garten aufgestellt wurde, der Abend hereinbrach, und der Senator hinter seinem Schreibtisch sitzend durch die kleinsprossigen Fenster blickte, welche ihn mehr und mehr an die bäuerlichen Fenster der burgenländischen Häuser erinnerten, sah er die Großmutter, die, obwohl in Bronze gegossen, tatsächlich Brot schnitt und Hände, die sich ihr entgegenstreckten.

„Großmutter, Großmutter!", rief er laut in den Garten hinein.

„John, was ist mit dir?" Seine Frau kam die Treppe herunter. „Nach wem rufst du?"

Der Senator stand verwirrt an der offenen Tür zum Garten.

„Ich weiß nicht, mir war ...", er ließ den Satz unvollendet.

„Du bist in letzter Zeit sehr oft mit den Gedanken ganz woanders."

„Ja, da hast du Recht." Kopfschüttelnd wandte sich der Senator wieder seiner Arbeit zu.

„Entschuldigen Sie, Sir, ich habe Ihre Frau gefragt, ob ich Jeany mitnehmen darf. Er wollte nur mal sehen, wo ich arbeite und Ihre Frau hatte nichts dagegen."

Der Senator schien momentan unangenehm berührt, als er das verkrüppelte Kind in seinem Rollstuhl in der Halle sah.

„Bitte, Sir, ich bringe ihn sofort wieder nachhause. Ich dachte nur …", sagte sie verlegen, „wir wohnen ja gleich nebenan."

„Nein, nein", sagte der Senator abwehrend, „ich wusste nur nicht, dass Sie …". Er sprach den Satz nicht zu Ende.

„Der Senator hat doch so viel zu tun", sagte sie zu ihrem Sohn und dachte weiter, er hat für seine Familie sowieso schon zu wenig Zeit.

„Ist schon recht. Wie lange sind Sie denn schon bei uns?"

„Sechs Jahre!"

„Sechs Jahre?", wiederholte er fast ungläubig, „und ich wusste nicht einmal …". Und er schritt bereits die Stiege zur Halle hinunter. Der verkrüppelte Bub kauerte, wie es schien, erstarrt in seinem Rollstuhl, versuchte, als der Senator hinzukam, ein Lächeln, welches jedoch abwehrend wirkte. Gleichzeitig sah er ängstlich zu seiner Mutter, die oben auf der Galerie stand. Gil verfluchte den Einfall, ihren Sohn mitgebracht zu haben, wie schöngeistig der Senator war, mit welch schönen Dingen er sich umgab, welch Ästhet er war, mit wie viel Geschmack und Geld er in dieses Haus investierte, wie viel mehr Zeit er sich für diese geschmackvolle Einrichtung des Hauses nahm als für die Familie. Sie spürte instinktiv, welch Fremdkörper ihr Kind in diesem Rahmen, wie störend ein Krüppel in dieser heilen gehobenen Welt war. Der Senator jedoch schritt lächelnd und langsam auf das Kind zu, er hatte die Reaktion des Kindes erkannt.

„Hallo!", sagte er betont freundlich und burschikos. „Freut mich, dich endlich kennen zu lernen. Deine Mutter hat dich mir gänzlich unterschlagen." Dabei warf er einen lächelnden Blick zur Bedienerin hinauf. „Dafür wird sie dich aber jetzt öfter mitnehmen müssen", drohte er. „Wir sind fast Nachbarn, deine Mutter arbeitet schon sechs Jahre bei uns und wir zwei kennen uns noch gar nicht?"

Es war nicht leicht herauszufinden, ob die Mutter oder das Kind, durch das Gehabe des Senators mehr verwirrt waren. Er streckte dem Jungen zum Gruße seine Hand hin, welcher jedoch, als schäme er sich seiner Hand mit den spinnenartig in sich verkrallten Fingern, einen hilfeheischenden Blick zu seiner Mutter warf, die noch immer auf der Galerie stand, ob er es wohl wagen dürfte, diese Krüppelhand dem Senator zum Gruße zu reichen. Zögernd streckte er die Hand dem Mann entgegen, welcher sie mit kräftigem und doch vorsichtigem Druck in seiner Hand hielt. Der Junge war älter als angenommen. Sein Kopf war jener eines Erwachsenen. Nur sein zusammengeschrumpfter, mit einem Höcker versehener Körper war der eines Kindes, so wie er auf der Sitzfläche des Rollstuhles kauerte.

Und wie schon so oft tauchten Assoziationen auf, waren einfach da aus lang vergangener Zeit, wo ein ebenso verkrüppelter Junge in einem hölzernen vierrädrigen Wägelchen saß. Nur seine Haut war weiß, nicht schwarz.

Der Junge spürte instinktiv, dass nicht er selbst der Grund dafür war, sondern dass es irgendwo eine Ähnlichkeit zwischen ihm und irgendeinem im Schicksal verwandten Menschen gab. Der Senator strich ihm so behutsam über den Kopf, was sonst nur seine Mutter tat, es war so viel Gefühl und Liebe in dieser streichelnden Hand, dass es fast unmöglich war. Kaum ein Mensch, dazu noch ein Fremder, der ihn das erste Mal sah, empfand etwas anderes als Mitleid für ihn. Er vergaß, dass er noch immer die Hand des Jungen in der seinen hielt. Plötzlich ließ er seine Hand von dem Jungen fallen, als würde er den Irrtum erkennen, dass dieser Krüppel, welcher in einem schäbigen Rollstuhl saß, nicht der war, bei dem er in seinen Gedanken verweilte.

Die Bedienerin stand noch immer am Geländer der Galerie, den Staubsauger in der Hand und wusste nicht, was sie davon halten sollte. Der Junge sah zu ihr auf, hilflos dieser Situation ausgesetzt. Der Senator ging langsam und in Gedanken versunken zur Stiege, blieb jedoch vorher stehen und ging zu dem Jungen zurück.

„Hör mal, Jean, kannst du lesen?" In der Frage des Senators schwang so viel Hoffnung mit, welche der Junge richtig deutete. „Ja, Sir", beeilte er sich zu versichern. „Sehr gut sogar, ich kann sogar schreiben, aber nur in Gedanken, denn meine Hände ..."

„Ja, mein Junge", sagte der Senator mit sichtlich belegter Stimme, „und du schreibst in Gedanken und besserst deine Fehler ebenso in Gedanken aus?"

„Ja, Sir, woher wissen Sie das?" Der Junge war überrascht.

„Ich glaube, das ist mein Geheimnis. Gute Politiker sollten immer wissen, was das Volk denkt und du denkst." Er betonte das Wort Du, zog es in die Länge.

„Ich habe schon einmal einen Menschen wie dich gekannt."

„Und Sie hatten ihn sehr gern!"

„Ja, da hast du Recht, es gab so einen Jungen in meiner Kindheit."

In Adolfs Straße gab es damals einen Jungen mit einem riesigen Höcker auf dem Rücken. Er hieß Franz und war sein Freund. Seine dünnen Beine waren ineinander verrenkt und seine kraftlosen Händchen mit spindeldürren von einer heimtückischen Krankheit gezeichneten Fingern, zu Krallen erstarrt, ließen sich weder öffnen noch schließen. Der Kopf im Verhältnis zu diesem verkrüppelten Korpus war viel zu groß. Sein edel geschnittenes Gesicht war immer gerötet und er hatte kluge und gar nicht traurige Augen. Es waren die wissenden Augen eines Kindes, früh gealtert zum Greis, der die Gestalt, die seinen Kopf trug, nicht zur Kenntnis zu nehmen schien. Das Einzige, was ihm zu schaffen machte, war das Rasseln seines Atems, welcher wohl in der in seinem verformten Brustkorb gesperrten Lunge seine Ursache haben durfte. Seine Haare waren kurz geschoren, und da er nicht gehen konnte, setzte man ihn auf seinen Willen hin in ein kleines grün gestrichenes Handwägelchen vor das Haustor. Er saß stundenlang darin. Mit einem großen bunten Regenschirm von einer riesigen Dimension. Jener mochte wohl aus Amerika stammen. Er hatte einen violetten Grundton und einen Rand von sich wiederholendem Gelb und Orange, die Franz vor der sengenden Sonne und dem Regen schützen sollten, bis irgendein Nachbar kam und ihn mit seinem Wägelchen in die Einfahrt zog. Seine Eltern waren arme Bauern, die den ganzen Tag auf dem Feld arbeiten mussten. Der Junge beobachtete alles, was sich in dieser langen Straße abspielte. Die Kinder, die mit ihrer Grausamkeit immer Spott suchend, Erwachsenen wie zum Beispiel dem Hinkerhannes so übel mitspielten oder missliebenden Personen die Scheiben zertrümmerten. Es war wunderbar, wie all diese Kinder ihm, dem Jungen, nie ein böses Wort sagten, so als spürten sie instinktiv die Not und das Elend dieses Kindes. So mancher der älteren rowdyhaften und untereinander verfeindeten Dorfjungen saß neben ihm im staubigen Gras und sprach über dieses und jenes, ohne jemals seine Händel mit dem anderen vor ihm auszutragen. Er war ein

Weiser unter ihnen, obwohl er nie eine Schule besuchte. Woher er sein Wissen und seine Urteilsfähigkeit hatte, wusste niemand. Sie wussten nur, er las viele Bücher. Diese traurige jämmerliche Gestalt mit dem edlen und schönen Kopf saß Tag für Tag vor dem Tor und war einfach immer da. Seine Kleider waren ein einziges Flickwerk, niemand vermochte trotz aller Anstrengungen das Grundkleidungsstück zu erkennen, auf dem die vielen anderen Stoffe auf- und zugenäht waren. Die Wirklichkeit mochte wohl sein, dass es für diesen verkrüppelten Körper keine Hosen und Jacken gab, in welche diese Gestalt gepasst hätte. So schien es, nicht nur die Not gewesen zu sein, die seine Mutter dazu veranlasst hatte, die Kleidungsstücke wie ein Maßschneider diesem armen Körper anzupassen. Er hätte es sicher als Luxus betrachtet, seinen Körper, dem er keinerlei Beachtung zu schenken schien, mit einheitlichem, vielleicht sogar gekauftem Stoff zu bekleiden. Wenn er herzlich lachte, bekam er danach meist einen Hustenanfall, der Atem kam röchelnd aus seiner Brust und die Lachfalten erstarrten in seinem Gesicht.

Da Adolf noch nicht zur Schule ging, konnte er stundenlang bei Franz sitzen, ihn alles fragen und ihm zuhören.

„Nun", sagte Franz, „alles, was ich höre und sehe, was ich darüber denke, sehe nur ich."

„Warum siehst nur du es?", fragte Adolf.

„Weil ich nichts tue, nichts arbeiten kann. Ich habe Zeit zum Denken über dies und jenes."

„Was ist denn dies und jenes?" Franz war kein bisschen ungeduldig wegen der kindlichen Gegenfragen.

„Schau, dort drüben, das Haus der alten Sali Tante. Vorige Woche hat sie die Mauern ihrer Lehmhütte mit Kalk gestrichen, wie weiß sie jetzt leuchten. Das wäre dies. Und jenes ist, wenn die Front kommt, wird das Haus abbrennen. Das

Stroh auf dem Dach wird schnell Feuer fangen, nur die Lehmmauern werden stehen bleiben, verrußt und verschmaucht. Die Fensterstöcke werden herausbrennen."

„Hast du so etwas schon gesehen?"

„Ja, als das Haus des Steinböcks vor vielen Jahren brannte, da wollte ich es sehen. Irgendwer zog mich das Stück hin und aus sicherer Entfernung betrachtete ich ganz genau den Ablauf der Zerstörung. Es war schaurig-schön, zumal es schon dem Abend zuging. Und es war auch fürchterlich, als die Tiere brüllten und verbrannten, da man sie nicht mehr retten konnte. Und hier in unserer Gasse sehe ich, wie jedes Haus brennen wird, wie der Kirchturm zusammenstürzt, die Mühle, die jetzt groß und stark dasteht, wie das viele Holz in ihr lodert und flammend in sich zusammenfällt. Die äußere Mauer aus dicken Ziegelwänden wird allein dastehen und das große Kreuz am oberen Ende der Straße wird wie eine Fackel brennen. Und der hölzerne Herrgott, nachdem man ihn schon gegeißelt und ans Kreuz geschlagen hat, wird nun auch noch verbrennen. Besonders gut wird er brennen."

„Wieso wird er besonders gut brennen?"

„Weil man ihn erst frisch gestrichen hat, mit Farbe und zwar öfters, dass er lange hält. Der Maler, welcher ihn zuerst anstrich und dann so schön bemalte, hat seine Arbeit umsonst getan. Er wird verbrennen wie die Soldaten in ihren Panzern und Flugzeugen."

„Tut es weh, wenn man brennt?"

„Hast du dich noch nie verbrannt? Hast du noch nie eine heiße Suppe gegessen?" Franz zwinkerte wissend. „Wenn deine Großmutter die Suppe auf den Tisch gestellt und gesagt hat: ‚Pass auf, verbrenn dich nicht!', und du konntest es nicht erwarten und hast dir mit der heißen Suppe die Zunge verbrannt?"

„Oh ja!", wissend über die gar nicht angenehme Erinnerung.

„Siehst du und so brennt es dann überall am ganzen Körper, am Kopf, an den Händen, an den Füßen."

Adolf rekelte sich erleichtert, froh, sich in Gedanken nur die Zunge verbrannt zu haben.

„Und Christus auf dem Kreuz, spürt er das auch, wenn er brennt?", fragte Adolf in Erwartung einer abschlägigen Antwort. Franz verneinte lächelnd.

„Der ist nur aus Holz, und wenn er brennt, spürt er nur so viel, wie wenn deine Großmutter Holz in den Ofen legt."

„Warum beten wir zu einem, wie du sagst, Stück Holz, wenn wir zur Prozession gehen?"

„Ja, siehst du, der Mensch will überall seinen Gott bei sich haben. Schau die Kapellen und die Kreuze, die überall im Dorfe stehen, die Heiligenbilder, die mit Kreuzen überall in den Häusern hängen, die Marienstatuen und überhaupt, man will immer Gott um sich haben."

„Warum hilft er uns nicht? Mir hat er nicht geholfen, obwohl ich ihn so angefleht habe", sagte Adolf trotzig. „Meine Mutter trug man auf den Friedhof, mein Vater kam zum Begräbnis nicht, er hat mich auch im Stich gelassen."

Franz sah Adolf prüfend an. „Schreibt dein Vater?", fragte er fast behutsam.

„Nein, er hat nie geschrieben. Wegen Mutter konnte er nicht kommen, er war gerade eingekesselt. Ich verstehe das nicht. Was ist ein Kessel? Wir haben einen in der Küche und Großmutter kocht Wasser darin."

„Hat dir das Großmutter nicht erklärt?"

„Nein, sie erzählte es der alten Sali Tante und sie sagt noch immer, er sei eingekesselt. – Ob er wohl noch nachhause kommen wird? –, sagte sie noch zur Sali Tante. Aber das geht doch nicht, Mutter auf dem Friedhof und Vater im Krieg und wenn er nicht mehr kommt." Adolf war ganz bekümmert, hatte seinen Kopf in die Hände gestützt und saß mit angezogenen Knien vor dem Wägelchen. „Großmutter sagt auch, dass sie bald sterben werde, und sorgt sich, was wohl aus mir werden wird." Er sah Franz fragend an.

„Erstens wird deine Großmutter gar nicht sterben, sie ist doch noch nicht so alt. Wenn Menschen in die Jahre kommen, das heißt, wenn sie älter werden, dann fangen sie an, ans Sterben zu denken, nur so halt. Das hat nichts zu bedeuten. Das ist bei alten Leuten eben so. Du brauchst dir dabei gar nichts zu denken."

„Aber warum sprichst du dann vom Sterben?" Seine großen blauen Augen schienen gespannt auf eine Antwort zu warten. Franz röchelte auf einmal wieder lauter und sein kurzer Atem pfiff stärker.

„Weißt du, bei mir ist es ganz etwas anderes. Mich braucht niemand."

„Doch deine Mutter hat dich gern. Alle Mütter lieben ihre Kinder und erst dein Vater, wie er dich immer trägt. Großmutter sagt auch immer, es sei erstaunlich, wie dein Vater dich liebt. Dein Vater sei so ein großer Mann, er habe so große Hände, und wie zart er dich immer aus dem Wagen hebt, das traue man einem so starken Mann normalerweise gar nicht zu. Und da willst du von ihm weggehen?" Adolf wurde richtig böse. „Und du willst mein Freund sein und auch mich verlassen? Du müsstest dich wohl eher schämen so etwas überhaupt nur zu denken! Ich mag dich doch auch! Du bist mein einziger Freund. Du bist so klug und weißt viel mehr als alle Anderen und außerdem bist du noch viel zu jung, um zu sterben. Da könnte ich ja auch sagen, ich will sterben." Adolf sprach erregt. Es war so viel vom Tod in diesem Dorf. War nicht erst gestern ein Mann begraben worden? Er kam aus dem Krieg zurück, um hier zu sterben. Franz sprach einige Zeit nichts, murmelte nur vor sich hin.

„Sie schuften für ein bisschen armseliges Leben, genau genommen fürs Überleben", sagte er leise flüsternd.

„Weißt du, dass mein Bruder bereits vor zwei Jahren gefallen ist? Seitdem arbeiten sie nur mehr mechanisch, sprechen kaum noch miteinander, jeder hängt seinen Gedanken nach. Für dieses Haus gibt es keine Hoffnung mehr, für den Namen, den es trägt, bedeutet es das Ende. Im Winter in der warmen Stube bemerke ich die verstohlenen Blicke, die sie auf mich werfen, ohne etwas zu sagen. Ich spüre, was meine Mutter denkt. Sie denkt, ihre Erben werden das Haus und den wenigen Grund mit der Verpflichtung nehmen, sich um mich zu kümmern. Aber sie fragt sich auch, wie werden sie mich behandeln, ihren kleinen Franzi? Und ich merke, wie ihr das Herz dabei weh tut, wenn sie über ihrem Nähzeug sitzt und mit unendlicher Geduld wieder einen Flicken auf ein gerissenes oder durchgescheuertes Kleid von mir setzt. Mein Vater geht, wenn er merkt, dass ich es bemerkt habe, dass er mich betrachtet hat, hinaus in den Hof, damit ich seine feuchten Augen nicht bemerke. Er sucht sich eine Beschäftigung, und wenn ich ihn aus dem Fenster beobachte, wie er den ganzen Hof vom Schnee freischaufelt, verbissen, als würde gegen irgendjemanden ankämpfen. Vielleicht gegen sein Schicksal, welches ihm auferlegt wurde, vielleicht gegen Gott und manchmal ist mir, als würde er mit jemand sprechen. Unwillkürlich formen sich seine Lippen, er räuspert sich, wenn er merkt, dass er vielleicht gesprochen hat. Dann wiederum höre ich vom Schuppen, wie er mit wuchtigen Schlägen das Holz spaltet, als wollte er irgendwelche großen unbezwingbaren dunklen Mächte zerstören, zerschlagen in kleine Stücke, wo sie kein Unheil mehr anrichten können, sondern uns dienen, uns brauchbar werden, so wie das klein gespaltene Holz, welches Mutter mühelos in den Ofen schiebt. Franz sah auf Adolf hinunter, dessen ratlosen Gesichtsausdruck Franz bemerkte dies natürlich. „Du verstehst mich oft nicht, was ich sage, ich weiß." „Ja, du sprichst so ganz anders als all die anderen Leute. Sprichst du eine andere Sprache oder vermischst du sie oder sprichst du so, weil du schon so viele Bücher gelesen hast?" Großmutter hatte ja auch schon Bücher gebracht. „Daher sprichst du so ganz anders als alle Anderen." „Vielleicht", fuhr Franz fort, „denkt er, warum könnte ich nicht der sein, der starb und der gesunde Bruder wäre hier! Ich weiß es nicht! Aber ich sage dir, ich hätte es gerne gehabt, wenn mein Bruder vom Krieg zurückgekehrt wäre. Er hat mich, trotz dass ich verkrüppelt war, sehr geliebt, vielleicht gerade deshalb. Er war mein Bruder, groß und blond und stark und stolz, und wenn er mich auf seinen starken Armen trug, war ich glücklich und fühlte mich geborgen. Er trug mich durch den hinteren Garten, wo ein Obstbaum vor dem anderen steht. Wir wussten beide, welche Früchte wann reifen würden und schon im Frühling wussten wir, welcher Baum viele Früchte tragen würde, welcher weniger. Nur wenn wir viele Früchte erwarteten und der Hagel sie zerschlug, waren wir beide traurig. Siehst du, früher konnte ich die Zeit gar nicht erwarten, da kam mein Bruder von der Arbeit, er hatte Schmied gelernt, war rußig und schmutzig. Wie liebte ich diesen Ruß auf seinem Gesicht und wenn ich mein Gesicht an seinem rieb, übernahm ich die Kraft dieser schweren Arbeit und beide lachten wir. Er wusch erst sich und dann mein Gesicht und sagte lachend: ‚Nun, mein kleiner Bruder, nun haben wir genug geschmust. Jetzt wollen wir mal anständig essen.' Und er setzte mich auf seinen Schoß und beide aßen wir aus einer Schüssel unser vorgesetztes Mahl."

Er hatte vorher mehr zu sich gesprochen, wandte sich jetzt Adolf zu. „Als deine Mutter starb und dein Vater nicht kam, da war mein Bruder lange bereits gefallen. Dein Vater hat ihn überlebt, beide waren dort. Als die Nachricht kam, saß ich hier vor dem Haus und der Briefträger stand lange beim Kreuz, er schien sich nicht zu trauen, die Straße herunter zu gehen. Er sah mich und beide hatten wir Angst voreinander. Ich spürte den Tod, den er bei sich trug. Ich wusste es immer, wenn er oben beim Kreuz stand, wenn er wieder eine Todesnachricht in seiner Tasche trug. Aber diesmal war es ganz etwas anderes. Obwohl man das auf diese Entfernung gar nicht so genau sieht, merkte ich, wie gebannt er zu mir herunter starrte. Er stand oben beim Kreuz, versuchte wohl, sich Kraft beim Herrgott zu holen, zu dem er offensichtlich eine gewisse Beziehung hatte. Endlich schickte er sich an, die Straße langsam zu uns herunterzukommen. Jeder wusste von mir und meinem Bruder, jeder wusste, wie wir aneinanderhingen. Er verschwand nur kurz in einigen Häusern, dann ging er wieder in der Mitte der Straße. Er schritt, als würde er einen steilen schwer erzwingbaren Berg hinaufsteigen und nicht eine ebene Straße herunter. Die Straße schien für ihn immer steiler zu werden, immer langsamer kam er auf mich zu. Bis zur Schule ging er noch in der Mitte der Straße, dann verließ er ganz langsam und unbewusst die Mitte. Es zog ihn zu mir herüber, er stand vor mir, zog seine Mütze vom Kopf. Ich war so erregt, dass ich röchelte und mein Atem pfiff. Davon erschrocken wollte er an mir vorbei gleich ins Haus.

„Gib her!", sagte ich. „Ich weiß es schon."

„Ja, natürlich!", sagte er.

Hastig gab er mir den Brief, froh, dass er ihn endlich loshatte, diesen braunen Brief. Ich hielt ihn in meinen verkrüppelten Händen. Ich konnte und wollte ihn nicht öffnen. Er sagte noch mit brüchiger Stimme, er leide mit mir. Auch er mochte meinen Bruder so gern. Wer mochte meinen Bruder nicht gern? Dann ging er davon. Den Brief hielt ich in meinen Händen und dachte, diese furchtbare Welt, diese zerstörerische Welt! Ich konnte es nicht einmal hinausschreien, ohne zu ersticken. Ich konnte vor dieser Welt nicht davonlaufen mit meinen verkrüppelten Füßen. Ich konnte nicht zweikämpfen mit meinen verkrüppelten Händen! Ich war wehrlos. Nichts konnte ich tun, außer in meinem grün gestrichenen Wagen diese Welt zu verfluchen und zu verdammen. Aber ich konnte weinen, was ich sonst nie tat, weil ich mir die Tränen nicht abwischen kann. Vielleicht schrie oder quekte ich einstens wie ein Kind, aber jetzt war es die einzige Linderung in meiner Qual. Ich bemerkte nicht, wie Frauen aus der Nachbarschaft kamen und ins Haus gingen. Jemand holte meine Eltern vom Feld. Ich saß nur weinend da, war in Gedanken bei meinem Bruder, der mir immer wieder sagte, ich hätte ja ihn und nie und nimmer würde er mich verlassen. Wie oft gingen wir hinter das Haus, wo alle Bäume blühten in nie da gewesener Pracht.

Wir meinten dann lachend, die Mutter könne viel Marmelade kochen heuer. Irgendjemand nahm mir den Brief aus der Hand. „Schon vor drei Wochen", sagte eine Stimme. Jemand hob mich aus meinem Wagen und trug mich ins Haus. Sein Schmerz umklammerte mich. Mit seinen starken Armen schien er mich fast zu erdrücken. Es war Vater. Ich begriff das Wehklagen und Schreien nicht, ich war weit fort, ich rieb mein Gesicht an dem rußigen Gesicht des geliebten Bruders, lag in seinen starken Armen, umklammerte seinen Hals und beschloss in diesem Moment, zu sterben. Als ich wieder zu mir kam, weinte Mutter über mir. ‚Franzi, verlass mich nicht du auch noch!' So habe ich beschlossen, bis zum Ende des Krieges zu warten. Das kommt nun immer näher."

„Woher weißt du das?"

„Vater muss zum Volkssturm, das ist das letzte Aufgebot von alten Männern, Krüppeln und Invaliden. Wenn ich ein Gewehr halten könnte, würde man mich in den Schützengraben setzen, laufen bräuchte ich nicht zu können. Bis zum letzten Mann! Sie lassen Einzelne zurück, damit die Anderen zurück können. Die gibt man auf. Bis zur letzten Patrone! Und außerdem höre ich Radio, den Feindsender. Die, welche den Feindsender hören, können sie nicht mehr alle umbringen. Ich weiß, das Ende ist nahe. Schau, der Steininger Franz ist Pilot. Wie viele Flugzeuge hat er abgeschossen? Es ist nur eine Frage der Zeit, wann er selbst an der Reihe ist. Weißt du, manchmal steigen sie aus, wenn sie noch können, mit Fallschirmen und wenn nicht, explodieren sie mit und verbrennen. Manchmal sind sie schon tot, wenn sie abstürzen. Aber ich muss an die Briefträger denken, welche den Angehörigen die Nachricht vom Tode der Soldaten überbringen müssen, wie unserer. Ich weiß sofort, wenn er wieder einen braunen Brief in der Tasche hat. Da schleicht er gedrückt die Straße herunter und deutet mir zu. Dann weiß ich Bescheid. Ich will nicht wissen, wer. Ich erfahre es noch früh genug. Wenn ich es dann erfahren habe, dann denke ich über sein Leben nach, wenn er ein guter Mensch war, wenn er so alt war wie ich und schon sterben musste, obwohl er sein Leben noch vor sich hatte. Ich beobachte das Dorf, seit ich in diesem Wagen hier heraußen sitze. Aber ich kann nicht schreiben."

„Du kannst nichts schreiben?" Adolf war erstaunt. „Du bist doch so gescheit." Franz streckte ihm seine verbogenen spinnengleichen Finger entgegen.

„Meinst Du, ich würde sonst das alles nicht niederschreiben? Aber lesen kann ich ohne Hände."

„Was willst du niederschreiben?"

„Die Not und das Elend in diesem Dorf, in diesem Land, auf dieser Welt."

Der Frühling war trocken und warm, die Arbeit auf dem Felde begann. Franz saß wieder einmal in seinem Wägelchen vor dem Haustor, sein Körper war in eine graugrüne Decke gehüllt. In diesem Winter schien er tatsächlich alt geworden zu sein, steinalt. Sein Haar war nun grau, der Glanz seiner Augen erloschen, seine Fröhlichkeit verschwunden. Schweigend saßen sie wieder einmal beisammen und bekundeten sich gegenseitig, dass die Welt nicht mehr das war, was sie einmal gewesen war.

„Hörst du die Glocken?"

„Ja", sagte Adolf. „Es ist Mittag."

„Sie läuten das Ende ein und ich weiß, sie werden es nicht überleben."

„Was für ein Ende?"

„Das des Krieges. Und das ist schon sehr nahe. Ein Brief meines Vaters kam aus Ungarn, sie haben ihn trotz seines Alters zur Wehrmacht eingezogen. Ich werde ihn nicht mehr sehen, er mich auch nicht, zumindest nicht mehr hier. Dann werde ich allerdings mehr wissen."

Adolf schwieg eine Weile, er verstand nicht, was sollte er antworten?

„Ich habe beschlossen, dass es nun an der Zeit ist, zu sterben", sagte Franz. Adolf erschrak.

„Wie meine Mutter? Und du kommst nie mehr zurück?"

„Nein, ich komme nie mehr zurück."

„Aber wenn du nicht mehr hier bist, dann bin ich ganz allein. Vater ist im Krieg, die Mutter gestorben und Großmutter arbeitet auf dem Feld."

„Ja, weißt du, im Grunde ist jeder Mensch allein. Jeder stirbt für sich allein, auch wenn der Andere neben ihm stirbt."

„Wieso willst du sterben?"

„Ich habe es so beschlossen."

„Du könntest dir es doch anders überlegen. Ich bin jetzt schon stark und ich werde dich in deinem Wägelchen ziehen bis zur Mühle hinauf und bis zur Straße hinunter und die größeren Buben könnten mir dabei helfen."

„Alle wissen, dass ich sterben werde."

„Hast du es ihnen gesagt?"

„Ja, ich habe mich bereits von allen verabschiedet."

„Wann?"

„Als sie am Morgen zur Schule gingen, kam einer nach dem anderen."

„Der Toni auch?"

„Ja, der Toni auch."

„Aber der kam doch sonst nicht zu dir!"

„Aber er kam zu mir, um sich von mir zu verabschieden. Weißt du, der Tod ist etwas Endgültiges. Aber ich freue mich schon auf ihn. Ich bin eine große Last für meine Mutter. Den ganzen Tag muss sie auf dem Felde arbeiten."

„Das hat auch meine getan. Das müssen alle Frauen. Es gibt doch keine Männer im Dorf. Alle sind im Krieg."

„Ja, alle sind im Krieg." „Aber der Hinkerhannes ist nicht im Krieg." „Nein, noch nicht, aber auch die alten Männer werden sie schicken und die Krüppel und die Invaliden."

„Jetzt ist es aber kalt. Soll ich dich ins Haus ziehen?"

„Das kannst du nicht, ich bin zu schwer und du bist nicht besonders kräftig."

„Ich gehe im Herbst aber zur Schule. Dann gehöre ich zu den Großen!", trotzte Adolf. Ein gequältes Lächeln überzog das Gesicht von Franz und Adolf fiel auf, dass er keine Hustenanfälle mehr hatte. Er röchelte auch nicht mehr, sondern sein Atem pfiff anhaltend beim Ein- und Ausatmen.

„Hast du deiner Mutter gesagt, dass du sterben willst?"

„Nein, noch nicht, heute habe ich es dir gesagt und heute Abend sage ich es Mutter."

„Warum hast du es mir erst heute gesagt?"
„Weil ich dich nach Mutter am meisten gern habe."
„Ich mag dich ja auch nach Großmutter am liebsten und dafür sage ich dir, bitte überleg es dir noch einmal. Wer wird mir bei den Schularbeiten helfen, wenn nicht du?" Er drohte ihm, er wolle nicht mehr sein Freund sein, wenn er weiter dabei bleibe, sterben zu wollen. Adolf versprach ihm die ersten Kirschen. Er wüsste einen Baum. Er bot ihm seinen Schlitten an für den Winter, dann könne er im Winter auf diesem sitzen. Er könne ihn schon ziehen, das ginge viel leichter als mit dem Wagen. Adolf versprach ihm, wenn er groß sein würde und arbeiten könne, er würde ihm ein Auto kaufen, nein, ein Flugzeug oder sogar ein Pferdegespann wie der alte Gutsbesitzer. Alles, was er anzubieten hatte und sich erträumte, es selbst einmal zu haben, bot er Franz an, um ihn von seinem Vorhaben abbringen zu können. Er wolle mit ihm ans Meer fahren. Franz hörte dem Redeschwall mit gesenktem Kopf zu.

„Kannst du dir das vorstellen? Da ist das braune Wasser, wenn das Dorf überschwemmt ist, ein Nichts, ein gar Nichts." Und fliegen würden sie bis ganz hoch in den Himmel. Als er das Wort Himmel sagte, meinte er, mehr zu sich selbst: ‚Da können wir dann meine Mutter besuchen und zurückholen und mit Jesus sprechen.'

„Aber ich verspreche dir eines, Adolf, deine Mutter werde ich von dir grüßen."

Jetzt bemerkte auch Adolf in seinem Eifer die vielen Tränen. Er hatte Franz noch nie weinen sehen. Er sah einen Hoffnungsschimmer.

„Du wirst nicht sterben, nein?"

„Doch, ich werde sterben", beharrte dieser auf seinem einmal gefassten Entschluss. „Mein Vater ist auch schon tot. Der Briefträger geht schon ganze drei Tage mit dem Brief herum. Das ganze Dorf weiß es, nur meine Mutter nicht."

„Wieso weißt du es?"

„Ich kann in den Gesichtern lesen. Der unschlüssige Briefträger, Frauen, die aus dem Fenster lugen, deshalb will ich nicht mehr leben. Mir bricht es jetzt schon das Herz, wenn ich sehe, wie sehr sich meine Mutter grämt. Ich kann das Leid dieses Dorfes nicht mehr ertragen, auch der Steininger Josef ist gefallen. Seine Mutter weiß es auch noch nicht. Sie fallen in Russland, sie fallen in Italien, in Frankreich, in ganz Europa, in Afrika. Mein Vater kämpfte in Ungarn Richtung Osten.

„Dort ist auch mein Großvater gefallen, hat die Großmutter gesagt."

„Ja und dem Steininger Josef sein Vater ist voriges Jahr gefallen und der Großvater von Josef im Ersten Weltkrieg.

So gibt es nur noch die Frau und Marie. Wie die zwei wohl die große Wirtschaft bewältigen können? Weißt du, Josef war nicht viel älter als ich."

„Wie alt bist du denn überhaupt?"

„Gegen dich um einiges älter. Du siehst, wie alt ich bin, wie grau meine Haare sind."

„Warum hast du so graue Haare? Meine Großmutter hat auch schon so graue Haare, aber sie sagt, bei alten Leuten wäre das so."

„Adolf, weißt du, mit den Haaren ist es wie mit dem Sterben. Manche haben schon in jungen Jahren eine Glatze, manche im Alter, manche sterben früh, manche werden alt. Und weißt du, warum ich sterben will?"

„Warum willst du wirklich sterben?"

„Weil ich die vorwurfsvollen versteckten Blicke der Frauen nicht mehr ertragen kann, deren Söhne gefallen sind. Manche von ihnen denken sicher, warum mussten die gesunden Menschen sterben und nicht solche, die Anderen nur zur Last fallen?"

Am nächsten Tag stand das leere Wägelchen vor der Haustür. Frauen gingen aus und ein. Der Leichenbestatter fuhr vor, als Großmutter ihn emporhob zum offenen Sarg, in dem Franz friedvoll lag. Er schien jung und schön geworden zu sein. Sein Gesicht war nicht gerötet.

„Steh auf Franzi!", sagte Adolf.

„Warum sterben alle Menschen, die ich liebe?", fragte er Großmutter.

„Sag Franzi, er soll deine Mutter grüßen!", sagte Großmutter.

„Er tut es ganz bestimmt." Adolf nickte und flüsterte seiner Großmutter ins Ohr, dass sie das schon gestern besprochen hätten.

„Gestern, wieso gestern? Er ist doch erst heute gestorben", fragte sie, während sie Adolf wieder auf den Boden stellte. Er flüsterte ihr zu: „Aber er hat es sich doch vorgenommen, heute Nacht zu sterben."

„Heute Nacht?"

„Ja, und ich konnte ihn nicht davon abhalten."

Der Sarg wurde in die Kirche gebracht, wo die Seelenmesse gelesen wurde. Franzis Mutter stand nun ganz allein hinter dem Sarg ihres Sohnes und gleichzeitig hinter dem ihres Mannes.

Irgendjemand hatte ihr die Botschaft vom Tod ihres Mannes gebracht.

Der Senator fand sich an seinem Schreibtisch wieder, und dachte an seinen Freund Franzi, wie gegenwärtig die Erinnerung an ihn war, ausgelöst durch den kleinen Jeany, der jetzt in seinem Hause war und den er offenbar erschreckt hatte. Die Vergangenheit hatte ihn wieder eingeholt.

Adolf läutete die Glocken, er zog den Strick, die Glocken klangen, das Ave Maria in die Dämmerung hinaus verkündend. Ihre Schwingungen waren kurz, doch sie hatten nicht den zinnernen Klang der ehemaligen kleinen Glocke. Ihr Ton lag einige Oktaven höher und das verlieh ihr Würde und die Gewissheit, dass sie weit zu hören wäre. In dem fast finsteren Kirchenschiff sangen die Frauen ‚Leise sinkt der Abend nieder und die Engel sind erwacht'. Seit es Mutter nicht mehr gab, war das ergreifende Lied nie mehr so schön gesungen worden. Adolf hörte ihre Stimme, die deutlich über den anderen lag. Frauenstimmen füllten die Kirche, übersungen von dem herrlichen Sopran der Mutter. Adolf vergaß den Strick zu ziehen, so sehr war er von der Stimme angetan. Als er sich dabei ertappte, zog er fast widerwillig das Seil der Glocke, er fand sie störend und lauschte wieder.

Leise sinkt der Abend nieder
und das Tagwerk ist vollbracht,
will dich Jesus nochmal grüßen,
sag ihm gute Nacht.

Still vom Tabernakel hält die ewige Lampe Wacht
und die Englein singen leise:
Lieber Heiland, gute Nacht.
Heiland darf nicht länger weilen,
hielt so gern noch bei dir Wacht,
doch ich grüße dich von Herzen,
lieber Heiland, gute Nacht.
Heiland gib uns deinen Segen,
schirm mit deiner Gottes Macht,
mich und alle meine Lieben,
schenk uns eine gute Nacht.
Ich heut dein Herz genug getrübet
und dir wenig Freud gemacht,
morgen will ich dich recht lieben,
lieber Heiland, gute Nacht.

Der Senator hörte noch immer die Stimme seiner Mutter. Als der letzte Ton verstummt war, fand er sich in seinem Arbeitszimmer wieder. Nach Mutters Tod hatte er das Marienlied nie wieder in dieser klangvollen Schönheit und Einzigartigkeit gehört wie damals. Er lächelte vor sich hin und griff fast unbewusst zur Zeitung, die vor ihm auf dem Schreibtisch lag. Als er sie aufschlug, waren die Bilder der Vergangenheit bereits verblasst.

Wenn der Senator von den vielen Schreibarbeiten am Abend nicht zu müde war, las er gelegentlich auch die Kulturseiten der Washington-Post. Aber meist war er viel zu müde und verschlief vor dem offenen Kamin in seinem Arbeitsraum. Oft gloste das Feuer nur noch vor sich hin, wenn er spät in der Nacht aufwachte. Das war in letzter Zeit immer öfter der Fall, wenn er tagelang allein in seinem Haus in Washington war. Seine Frau war in Boston bei ihrer Mutter, die schwer krank daniederlag.

Fernsehen mochte der Senator nicht so gerne. Nur die Nachrichten sah er sich an, musste er irgendwie als Politiker. Bei den Kulturnachrichten an diesem Tag war er plötzlich hellwach. Sein Blick wurde von einem Gesicht gefangen genommen, das seinem Gedächtnis seit frühester Kindheit vertraut war und von dem die Ansagerin behauptete, dieser Schauspieler sei derzeit einer der meistgefeierten Schauspieler Englands und gäbe in der Radio City Hall ein Gastspiel.

Der Senator lächelte vor sich hin. Er nahm die Zeitung und setzte sich in den Sessel vor den Kamin. So wie die wohlige Wärme seinen Körper einhüllte, und ihm ein Gefühl von Unbeschwertheit verlieh, tauchte sein Geist in die Unbekümmertheit, jedoch auch in die beklemmende und bedrückende Vergangenheit, noch ehe er die Zeitung aufschlagen konnte.

Es gab einen Jungen im Dorf, der neben den üblichen Lausbubenstreichen eine besondere Form jener Art von Kommunikation mit seinem Umfeld pflegte, die ein gerütteltes Maß von unterschwellig negativen und bereits vorhandenen Anlagen erkennen ließ. Die Streiche, die er aushekte, waren der sichtbare Ausdruck seines zerstörerischen Egos, welches er Schwächeren aufoktroyierte. Mit einer Zunge, welche Politikern zu aller Ehre gereicht hätte und mit gauklerischer Überzeugungskunst erschien er seiner lauschenden Schar von meist jüngeren Kindern als der große kluge Bruder. Sie bewunderten ihn. In solchen Runden protzte er vor den kleinen Zuhörern mit seinen angeblich vollbrachten Taten und Streichen, mit denen er die Großen überlistet zu haben vorgab. Außerdem wusste er von vielen Bunkern und geheimnisvollen Gängen, welche den Kogelberg durchzogen, angefüllt mit wertvoller Beute, welche die Russen von Ungarn mitgebracht hatten. Glitzernde Perlen, die so groß waren, wie die Nüsse von den Bäumen hinter der Schule, gleißende goldene Ketten, die so groß waren, wie die Ketten, mit denen man sonst stecken gebliebene und schwer beladene Gespanne aus dem Morast zog. Er erzählte von Kanonen, die aus den Bunkern ragten, aber so gut getarnt waren, dass niemand sie finden könne. Die wären so groß, wie das Durchflussrohr des Grabens hinter der Kirche. Die Kinder liebten seine Geschichten, brachte er doch Abenteuer und Abwechslung in ihr Leben. Die Kinder waren ein dankbares Publikum für Isidor. Es waren alle Kinder, für die niemand Zeit hatte im fast männerlosen Dorf. Sie waren den ganzen Tag sich selbst überlassen, niemand wusste, wo sie sich herumtrieben. In den ausgebrannten Ruinen der Häuser sammelten und tauschten sie das zu vielfachen Formen geschmolzene verklumpte Glas, als wären es Kunstgegenstände. Ihre Haare und ihre Gesichter waren schwarz wie

Ruß von der Suche nach ihren Handelsobjekten, wenn sie den Schutt durchwühlten. Sie rochen nach Ruß und Feuer, bis sie spät abends von den Müttern oder größeren Geschwistern in einem Zuber geschrubbt wurden.

Dieser Sommer war ein trockener Sommer, die Halme blieben dünn und kurz, die Ähren waren schwach, die Körner klein. Das Gras verbrannte zu stehendem Heu auf den Wiesen. Die Menschen im Dorf beteten viel und flehten Regen herbei. Auch eine zusätzliche Bittprozession blieb ohne Erfolg. Das Wasser, das in manchem Jahr sintflutartig und mit unbarmherziger Gewalt alles in seinem Weg Stehende vernichtete, blieb aus. Aus dem wolkenlosen Himmel brannte eine Sonne, die mit ihren sengenden Strahlen die Erde in einem solchen Ausmaß austrocknen ließ, dass man sie nicht mehr bearbeiten konnte. Die Gespanne mit ihren Pflügen blieben in den harten aufgerissenen Lehmböden stecken und unverrichteter Dinge mussten die Bauern ihre begonnene Arbeit ergebnislos einstellen.

Isidor, welcher zwar groß und stark für jedwede Arbeit auf dem Felde war, wurde aber von einer unüberwindlichen Abneigung gegenüber jeder körperlichen Anstrengung beherrscht. Sein Vater mochte weiß Gott wo in Russland geblieben sein, seine Mutter werkte von früh bis spät in die Nacht in der kleinen Landwirtschaft. Das kleine Haus, das außerhalb des Dorfes stand, blieb von der Feuerbrunst verschont. Seine Mutter, eine große hagere Frau mit scharf gezeichnetem Gesicht, war voll Mitleid mit allen Menschen und auch Tieren dieser Welt. Sie werkte mit fast männlicher Kraft und Ausdauer, pflügte mit ihren zwei Kühen den lehmigen schweren Boden, eggte, säte und mähte, kurzum eine Frau, die wie so viele andere Frauen dieser Zeit, ihren Mann stehen musste und auch stand. Die Stütze, die sie in ihrem, zwar noch nicht der Schule entwachsenen, aber bereits arbeitsfähigen Sohn gehabt hätte, entpuppte sich immer mehr als wenig tragfähig. Einmal gelang es ihr, ihn mit viel Güte und Selbstmitleid zu überzeugen, ihr bei der Arbeit zu helfen. Das Grauen vor der Arbeit war bei Isidor allerdings viel stärker als die Mutterliebe und das Verantwortungsbewusstsein, an das sie ihn heute erinnert hatte. Er solle von nun an Vaters Stelle einnehmen.

Der Lebensgeist von Isidor war nicht die Arbeit. Er pflegte sie beharrlich und mit sichtlichem Erfolg von sich fernzuhalten. Er war gewillt, ihr vollends zu entsagen, hätte ihn seine Mutter nicht hin und wieder überredet, irgendeine kleine Arbeit zu verrichten. Schon dem leisesten Geruch von physischer Betätigung wich er mit größter Geschicklichkeit und Behändigkeit aus, obwohl manchmal diese Tätigkeit mehr Kraft und Anstrengung erforderte, als die ihm zugedachte Arbeit.

Ein grüner unreifer Apfel in seiner Hosentasche, als Nahrungsmittel noch ungeeignet und deshalb als Wurfgeschoss für ein zurzeit noch nicht konkretes Ziel gedacht, entpuppte sich als Helfer in der Not. Langsam und unbemerkt schälte er die giftgrüne Schale mit den Zähnen ab, zerkaute sie trotz ihres bitteren Geschmacks zu einer breiigen Masse. Kurz darauf täuschte Isidor einen Brechanfall vor und spie das Gekaute seiner neben ihm gehenden und zu Tode erschrockenen Mutter vor die Füße. Gleichzeitig krümmte er sich wie von Schmerzen übermannt, sank bebend auf die Knie, stöhnte und röchelte, als wäre es die letzte Stunde seines jungen Lebens. Der armen, von ungnädigem Schicksal verfolgten Frau, fielen Sense und Rechen aus ihren zitternden Händen. „Isidor, mein Isidor, willst auch du mich verlassen, wie dein Vater es getan hat?", jammerte sie mit bebender Stimme. Isidor hatte mittlerweile seinen Körper zur Gänze auf den mit spitzen Steinen übersäten Weg gelegt, fand aber, dass es sich hier nicht gut liegen ließe. Er rutschte und zog sich stöhnend an den Wegesrand, der mit dichtem kühlen Gras bewachsen war und wo zusätzlich der Schatten eines Strauches sein Los etwas erleichterte. Blinzelnd wartete er die nächsten Reaktionen seiner geschockten Mutter ab. Sie legte seinen Kopf in ihren Schoß, was seine derzeitige Lage schlagartig verbesserte. Sein Kopf lag nun geborgen in der Mutter Schoß und er im Schatten auf weichem kühlen Gras. Isidor fand, so ließe es sich zumindest für eine absehbare Zeit aushalten, zumal die Mutter ihn zwar mit zitternden Händen, dafür aber ganz sanft streichelte.

„Bleib so, Mutter, lass mich eine Weile so liegen, vielleicht wird es mir wieder besser." So wohl fühlte er sich in dieser Fürsorge, so entspannt lag er da, dass er kurzerhand einschlief. Seine Mutter, die jedoch im grundsätzlichen Verkennen der Situation glaubte, Isidor würde ohnmächtig werden oder gar anfangen zu sterben, legte etwas abrupt und unsanft seinen Kopf auf den Boden und rief einen Bauern, der gerade in der Nähe mit seinem Pferdegespann pflügte, mit schriller, kreischender, angsterfüllter und sich überschlagender Stimme zu Hilfe. Das unsanfte Legen auf den harten Boden und die fürchterliche Resonanz ihrer Stimme rissen Isidor aus dem Halbschlaf. Er hörte drohend rasch näher kommende feste Schritte. Ohne den Kopf zu heben, schüttelte er des auf ihn zukommenden Ungemachs seinen Kopf.

„Er bewegt sich!", rief seine Mutter, wieder seinen Kopf streichelnd. „Isidor, mein Sohn, was ist mit dir?"

Den bärtigen Bauern kannte Isidor nicht. Wahrscheinlich war er erst kurz aus der Gefangenschaft zurückgekehrt. Er fand, dass dieser Mann mit den schlotternden Hosen nicht der Besitzer dieser gewaltigen Stiefel sein konnte. Die Proportionen stimmten nicht, fand Isidor. Er hob leicht den Kopf, um sich aus veränderter Perspektive zu überzeugen, dass seine Vermutung stimmte. Er sah die Bedrohlichkeit des gewaltigen Stiefelschafts aufwärts auf einen dürren ausgemergelten Körper, der schließlich in einem stoppeligen Gesicht endete, über welchem ein breitkrempiger schwarzer Hut saß, der für diesen Kopf viel zu groß bemessen war. Stiefel und Hut waren die Dominanten in dieser obskuren Erscheinung. Ihr vormaliger Träger mochte ein Hüne gewesen sein. Ob dieser ihm faszinierenden Figur vergaß Isidor, dass er sterbenskrank zu sein hatte. Er harrte dieser Gestalt, der er eine Fistelstimme zuordnete, dass sie endlich etwas sagen würde und dadurch seine Vermutung bestätigt wurde. Isidor vermeinte schon, sein Trommelfell mit einer unangenehm hohen Resonanz zu konfrontieren, als aus diesem Munde eine tiefe hohle Stimme klang, die Isidor mit einer Gänsehaut überzog. Erschaudernd sprang er auf. Dabei erschraken seine Mutter und der Mann, der fast einen Kopf kleiner als er selbst war. Der Mann hatte Isidor etwas über seinen Zustand gefragt, verstummte nun vor Schreck. Doch Isidor wäre nicht Isidor gewesen, hätte er nicht sofort die mögliche Tragweite seiner unbeherrschten Reaktion erkannt und die daraus folgenden Konsequenzen.

Bei aufkommender Hitze nässen die Schweißdrüsen, wollten sie den Körper auf der angemessenen Temperatur halten. Sie stoßen dabei mit hoher Wahrscheinlichkeit große Mengen an Kühlflüssigkeit aus. Das Wort Schweiß stank bereits nach Anstrengung und Arbeit. Isidor sah auch eine Verpflichtung, seinen zartgliederigen Händen gegenüber, die mädchenhaft und weiß waren und die er als gestikale Untermalung seiner Rezitation von Figuren verwendete, in welche er schlüpfte und dabei Acker, Kühe und das ganze Dorf vergaß.

Dessen bewusst krümmte er seinen Körper in sich zusammen, der Rücken wurde rund, Grauen überzog sein Gesicht, wurde sterbend starr, wie er es bei Hamlet gelesen hatte, als dieser von seinem Freund gemeuchelt wurde. Zuerst sank Isidor auf die Knie, tiefer und tiefer, dann fiel sein Körper langsam auf die Seite und mit dem Kopf nach unten, um die Anderen mit seiner Schauspielkunst zu beglücken. So sehr hatte er sich in diese Rolle hineingesteigert, dass er wähnte, er befände sich auf der Bühne. Er spürte die spitzen Steine nicht und wartete auf den einsetzenden Applaus, den diese Rolle verdiente. Doch nichts dergleichen geschah. Isidor hob ungläubig sein Gesicht, das er fest in den Staub und Kies des Weges gedrückt hatte. Er wurde sich blitzartig seiner Lächerlichkeit bewusst, als er in das Gesicht seiner verblüfften Mutter und des Mannes mit den riesengroßen Stiefeln sah. „Warum soll ich immer schauspielern, dass ich nicht arbeiten mag!" Er sprang auf. „Ich geh nachhause!", schrie er. „Ich bin nicht krank, ich pfeif auf den Kukuruz, den fressen doch eh nur die Schweine!" Er lief davon, eine fassungslose Mutter, die zitternd und keines Wortes mächtig und einen Mann, der einen Krieg überlebt hatte, wenn auch ramponiert, jetzt ebenso ratlos, zurücklassend.

Eines Tages hatte Isidor wieder einmal eine Gruppe von andächtig lauschenden Kindern um sich versammelt und ihnen klassische Stücke rezitiert. Die schwülstig vorgetragenen Dialoge aus Faust, mal den Doktor Faust, mal Gretchen spielend, rissen die Kinder zu Lachstürmen hin, obwohl sie nichts verstanden. Plötzlich unterbrach Isidor sein Spiel und erklärte schlichtweg, er fände das Leben nicht mehr lebenswert und gedenke in den großen Tümpel zu gehen. Erhängen meinte er, das tut kein Mann, das machen nur die Frauen, die hätten Angst vor dem Wasser. Erschießen sei ein zu alltäglicher Tod, im Kriege wären Millionen erschossen worden. „Und wie viel ist eine Million?", fragte Adolf, welcher auch in der Schar der Kinder war.

„Eine Million", erklärte Isidor, „das sind so viele Bäume, wie im Kogelberg Bäume stehen." Ein anderes Kind, das den Kogelberg sehr wohl kannte, war ganz verwundert und wollte mit seinem Wissen die Gefährten übertrumpfen. „Da gibt es doch so viele Bäume", und es umriss über seinem Kopf mit beiden Händen einen großen Kreis, jedoch in seiner Bewegung zögernd, als könne es damit die riesige Menge oder die Unendlichkeit dieser Summe ausdrücken.

„Ja, ja, genau so viel ist eine Million." Hannes, so hieß der Junge, bezeugte das ebenfalls. Mochten die Großen noch so abfällig von ihm reden, waren sie doch alle froh, dass er mit ihnen spielte und auf sie aufpasste. Hannes wurde rot vor Stolz, weil er wusste, wie viel eine Million ist.

„Meine Freunde", sprach Isidor feierlich, „Sokrates starb im Kreis seiner Jünger."

„Wer war Sokrates?" Adolf, der immer alles genau wissen wollte, wiederholte seine Frage. „Wollte der auch nicht mehr leben?" „Doch, doch", beeilte sich Isidor zu versichern, „der musste sterben. Der Senat beschloss, dass er sich selbst umbringen müsse."

„Wer ist der Senat?" Adolf fing an, Isidor auf die Nerven zu gehen. Er hätte ihnen nicht so lange vorspielen sollen, es ging dem Abend zu und es wurde merklich kühler.

„Der Senat ist wie eine Gemeindeversammlung, aber solche haben wir zurzeit nicht, damit basta, keine Fragen mehr, meine Freunde. Bei Sokrates wussten es alle, bei mir nur ihr, meine treuen Jünger." Er fing an zu weinen und das schien echt zu sein. Einige Kinder weinten mit. Adolf dachte, das sei ein ganz neues Spiel, das er uns heute vorführt, ihm konnte es recht sein, Großmutter war auf dem Felde und kam erst bei Dunkelheit zurück.

„Ihr werdet mir schwören bei Gott im Himmel, beim Teufel in der Hölle, bei den armen Seelen im Fegefeuer, schwört, dass ihr niemandem ein Sterbenswörtchen sagen werdet! Hebt eure rechte Hand!" Alle reckten ihre Hände in die Höhe, nur wussten nicht alle, wo rechts und links war. Isidor ging im Kreise herum und korrigierte das Hochheben der richtigen Hand. „Jetzt schwört und sagt alles genau nach." Er sprach ganz feierlich die Eidesformel vor: „Bei Gott im Himmel", „Bei Gott im Himmel", tönte es zurück. „Bei den Teufeln in der Hölle." Das war für die Kleinen schon zu viel, es musste wiederholt werden, bis sich alle den Satz gemerkt hatten. „Bei den Armen im Fegefeuer", teilte Isidor den Satz bei Armen und Fegefeuer. Adolf fand nichts leichter auf der Welt als diesen Satz, aber die Kleinen merkten sich das nicht so schnell. Es war anstrengend, die Hand so lange oben zu halten. Die Zeremonie dauerte lange. Endlich hatten sie alle auch den letzten Satz gesprochen. „Nun gehen wir zum Wasser."

„Ich darf nicht zum Wasser, die Mama hat es mir verboten!", sagte ein Kind. „Ich darf das auch nicht!", rief ein anderes.

„Ihr wollt mich allein in den Tod gehen lassen? Wenn ich dann tot bin, bin ich sowieso ganz alleine!" Er fing an zu weinen.

„Ich dachte", schluchzte er, „in meiner Sterbestunde bin ich nicht ganz alleine, wenn schon der Tod auf mich wartet. Ich bin bereits jetzt verlassen von meinen Freunden." Adolf hielt das Ganze für ein Spiel und teilte es seinem Nachbarn mit.

„Das ist nur ein Spiel, wirklich nur ein Spiel!", sagte er.

Die Kleinen verstanden sowieso nichts und so zogen sie zum Tümpel, Isidor voran, die Kinder hinterdrein. Einige Meter vor dem Wasser blieb er stehen. „Geht nicht zu nahe ran! Wenn mein Haupt im Wasser verschwunden ist, geht nachhause! Aber vergesst nicht, ihr habt geschworen, keinem Menschen ein Sterbenswörtchen zu sagen. Unbemerkt will ich diese Erde verlassen!" Er reichte dem ersten Kind, das hinter ihm stand, andächtig und feierlich die Hand, küsste es auf die Stirn, bedankte sich für das letzte Geleit, das es ihm gegeben hatte. So verabschiedete er sich von einem Kind nach dem anderen. Die Kleinen wussten noch immer nicht, worum es ging. Die Größeren bat er, sie gut nachhause zu bringen. Adolf wusste nicht, was er von diesem Spiel halten sollte, aber er musste zugeben, es war aufregend und ganz etwas Neues. Wenn er Großmutter nur davon erzählen könnte, aber er durfte ja nicht. Sie standen an einer gebüschlosen Uferfläche. Erst ein Stück weiter waren die beiden Ufer dicht mit Sträuchern und Bäumen bewachsen. Als Isidor sich vom letzten Kind verabschiedet hatte, zog er all seine Kleider aus, nur seine Unterhose behielt er an und stieg ins Wasser.

„Auf Wiedersehen, meine Freunde, in einer anderen Welt!", waren seine letzten Worte, bevor das Wasser ihn verschluckte. Luftblasen stiegen auf. Die Kinder harrten, wann er wieder aus dem Wasser steigen würde, aber nichts geschah.

„Wie lange kann man unter Wasser bleiben?", fragte ein Kind. „Wenn ich bis zehn zähle", sagte ein Kind, „so lange kann ich meinen Kopf unter Wasser halten." „Isidor ist schon viel größer, er kann schon länger unter Wasser bleiben", sagte ein anderes. Allmählich fingen sie an, unruhig zu werden. War es doch kein Spiel? „Du hast gesagt, es ist ein Spiel!", sagte ein Kind zu Adolf.

„Ist es auch", versicherte er, „willst du wetten?" Adolf, der zu den Größeren gehörte, fühlte sich in der Rolle des Aufklärers. „Ich habe noch niemanden gekannt, der sich selbst ertränkt hat", meinte er etwas zu großspurig. „Doch", sagte ein Mädchen, „meine Mutter." Plötzlich war Adolf auch nicht mehr sicher, ob es ein Spiel war. Großmutter meinte immer, dass Isidor nicht richtig im Kopf sei. Eine spürbare Unruhe befiel die Kinder. Die Kleider Isidors lagen schön zusammengelegt am Uferrand. Still und heimlich schlichen sich die Kinder eines nach dem anderen davon. Adolf und Hannes blieben als Einzige zurück.

„Und was ist, wenn er wirklich nicht mehr kommt, wenn er ertrunken ist? Ich habe gehört", sagte Hannes, „hier in diesem Tümpel sollen auch Soldaten liegen, man hat sie mit Ketten gefesselt und hier hineingeworfen."

„Tote?", fragte Adolf zurück.

„Tote hätte man nicht zu fesseln brauchen. Hannes war stolz auf seine Logik und in Adolf wuchs die Achtung vor dem Freund. Zuerst wusste er, was eine Million ist und jetzt das. Er beschloss, ab jetzt mehr mit ihm zu spielen.

„Was machen wir mit seinen Kleidern, wenn er nicht mehr kommt?", fragte Adolf.

„Wir müssen sie mitnehmen und irgendwo verstecken."

„Warum sollen wir sie verstecken?"

„Damit man keine Spur von ihm findet. Wir mussten doch schwören, dass wir nicht sagen dürfen, wie er gestorben ist. Und wenn man ihn trotzdem findet, dann glaubt man, er wäre einer der Soldaten, die man einst hier hineingeworfen hat."

Adolf war überrascht. „Du bist sehr klug!", lobte er ihn.

„Es geht so", sagte Hannes herablassend.

„Aber", sagte Adolf, „man weiß trotzdem, dass es Isidor ist."

„Und wieso?"

„Weil er keine Ketten hat", sagte Adolf mit einem Hauch von Triumph in der Stimme. Eine Weile sagte Hannes nichts. Anscheinend dachte er angestrengt über eine Antwort nach, die eine plausible Erklärung dafür sein könnte.

„Und wenn die Fische die Ketten gefressen haben?" Aber diese unsichere Antwortfrage erhob keinerlei Anspruch auf Zustimmung. Adolf fand, dass er nun aufgeholt hatte. Sie ließen das Gewand liegen. Mittlerweile war die Dämmerung hereingebrochen. Die Sonne, die hinter dem Hügel stand, war schon auf die Höhe des alleinstehenden Birnenbaumes gesunken. Die Dunkelheit stieg rasch aus dem Osten auf und öffnete den Vorhang für eine glitzernde Sternenwelt.

Adolf trug eine drückende Bürde auf seinen schmalen Schultern. Sollte er zu Isidors Mutter gehen oder sich mit der Großmutter besprechen oder sollte er es einfach vergessen, so als ob nichts passiert wäre? Adolf wusste nicht, was er tun sollte.

Der Mond war im Zunehmen. Adolf sah es jeden Tag an der größer werdenden Sichel. Während er nachhause ging, traf er noch ein paar spielende Kinder, die ihn zum Mitspielen einluden. Es war die beste Zeit zum Verstecken spielen, wenn es dunkel wurde, nur Mond und Sterne mit kaltem Licht die Straße beleuchteten. Adolf hatte keine Lust mitzuspielen. Er ging gerade an Franzis Haus vorbei, von dem nur noch die Mauern standen. Die große dunkle Öffnung zwischen den Gemäuern ließ den Blick ungehindert in den Hof und an den zerstörten Wirtschaftsgebäuden vorbei. Adolf wurde immer trauriger und kämpfte mit den Tränen. Immer wenn er an Franz dachte, wurde er traurig. Adolf kauerte sich vor die torlose Öffnung. Hier hatte er immer mit Franz gesessen. Franz war ein Weiser, wie die aus dem Morgenland. Er wusste, was andere Menschen nicht wussten, er wusste um die Zerstörung des Dorfes, er wollte sterben und er starb auch. Ob Franz jetzt glücklich war beim lieben Gott? Vielleicht beobachtete Franz ihn, saß auf irgendeinem Stern. Und Mutter, saß sie vielleicht auch auf einem Stern? Aber Vater würde sicher bei ihr sein. Adolfs Gedanken wanderten von einem zum andern. Alles Mögliche fiel ihm ein, auch dass Franz einmal gesagt hatte, er möchte so gerne einmal, bevor er sterben würde, Schokolade essen. Das war eigentlich sein sehnlichster Wunsch. Adolf vertröstete ihn, sollte sein Vater aus dem Krieg kommen, er würde sicher Schokolade mitbringen. Die wollte er dann Franz geben. Vater hatte einmal, als er auf Urlaub kam, ein Flugzeug mitgebracht, dann mal ein Auto, aber nicht so groß, dass man damit fahren konnte. Sogar ein richtiges Gewehr brachte der Vater mit und hatte scherzend zu ihm gesagt, sollte er nicht da sein, wenn die Feinde kommen, müsse Adolf die Mutter als Mann verteidigen.

Auf der Bühne des berühmten Radio City Music Hall Theaters bot ein großer Schauspieler seine exzellente Schauspielkunst in der Rolle des Dorian Gray dar. Er sprach im reinsten Oxfordenglisch, Gestik und Mimik waren identisch mit der Rolle des edlen Dorian Gray. Er verkörperte die Rolle in seiner ganzen Aussage und Ausstrahlung, er Isidor Grünauer, alias John Joyton. Dieses Genie kam aus einem kleinen, nur auf Spezialkarten aufzufindenden Dörfchen an der ungarischen Grenze. In seinem Dorf galt er als verschollen und die dort noch lebenden Menschen hätten ihm sicherlich nichts Gutes nachgesagt, hätten sie von seinem Ruhm erfahren. Dabei hatte er ihnen zuerst sein großartiges und unerkanntes Talent mit beispielloser Konsequenz vorgeführt, ohne dass sie es erkannt hatten. Alles was Isidor tat, war Schauspiel oder Übung für die verschiedensten Rollen, in welche er sich versetzte. Er war Regisseur, Schauspieler und meistens auch sein Autor, der sich viele seiner Passagen aus den Büchern der Schulbibliothek borgte. Er eignete sich Zitate an, trug lange Dialoge vor, um wieder zurückzukehren zum Punkt seiner Aussage. Die Kinder sahen darin einen lustigen theatralischen Schabernack, zumal sie die Mimik, mochte sie auch noch so dramatisch vorgetragen sein, als komischen Ulk werteten, wie beim Kasperltheater im Kindergarten, wo es einen Kasperl gab, welchem der Schalk, mochte er auch noch so ernst sprechen, immer aus den Augen blitzte.

Das Publikum tobte vor Begeisterung und immer wieder trat er einmal als Dorian Gray, wunderschön und das nächste Mal als sein entstelltes Konterfei vor den Vorhang. Er stamme irgendwo aus Europa, wussten die Zuseher, angeblich aus dem Osten, noch vor dem Eisernen Vorhang. Über seine Herkunft schwieg er beharrlich. Seine Muttersprache sei Deutsch. Er hätte sie abgestreift, vergessen wie seine Herkunft, meinten Andere. Was wollte er verbergen, fragten sich Missgünstige, vielleicht ein Spion des Ostens? Alles an ihm war Theater, alles um ihn war Theater. Die Realität hielt er fern von sich.

Die nicht enden wollenden frenetischen Ovationen des begeisterten Publikums zwangen den begnadeten Schauspieler immer wieder, vor den Vorhang zu treten, rissen den Senator aus seinem Traum seiner Vergangenheit. Die immer mehr in das Bewusstsein sich drängende Kindheit griff immer öfter und nachhaltiger in sein Leben ein. Zuerst zögernd, aber allmählich immer zwingender stiegen die verschütteten Erinnerungen aus seiner Kindheit auf, wurden immer dominanter, fingen an, sein Leben zu beherrschen, die Schatten seiner Vergangenheit.

Der Überschallbomber, das neueste Modell der Rüstungstechnik, flog fast gemächlich über den Flugplatz, zog eine Schleife und setzte auf kurzer Fläche auf, wohl demonstrierend, dass er auf jedem Flugzeugträger zu landen im Stande war. Beeindruckt war nicht nur das hohe Militär. Sie hatten dieses Meisterwerk bis an die Grenze ihrer Belastbarkeit geflogen, das hieß, auf der extremen Seite Match 3 und auf der anderen Seite die Landegeschwindigkeit eines kleinen Kampfjets auf einen der herkömmlichen Flugzeugträger. Man konnte dieses Flugzeug mit freiem Auge kaum sehen, für das Radar war es nicht erfassbar, für Abwehrraketen nicht erreichbar.

Ein zufriedenes Lächeln umspielte den Mund des Leiters des Rüstungskonzerns. Er hatte bei der Vorführung die Gesichter der hohen Militärs und der geladenen Senatoren genau beobachtet, während das Flugzeug unsichtbar im All verschwunden war, einen Augenblick später in Bodennähe lautlos über den Flugplatz hinwegraste, den Schall weit hinter sich lassend. Dieser verwandelte den Flugplatz erst nach geraumer Zeit in ein tosendes Inferno. Der Senat sollte erhebliche Mittel bewilligen, um eine solche Flotte zu bauen. Eine solche unübersehbare Flotte verdunkelte gerade wieder den Himmel über ihm, als Senator Brown ihn anstieß und meinte, mit einer solchen Flotte könne man die Welt beherrschen. Aber das hörte der Senator schon gar nicht mehr. Er starrte in den Himmel.

Neue verschollene Kindheitserinnerungen brachen in ihm auf, wurden klar und scharf, kristallisierten sich in allen Einzelheiten.

Am Firmament flogen in riesigen Schwärmen die stählernen todbringenden Vögel. In ihren Eingeweiden trugen sie das Verderben. Sie zerstörten speiend und hagelnd mit zuckenden Blitzen das Land unter sich. Das gleichmäßige in sich harmonische Inferno wurde von immer neuem Motorengeheule unterbrochen. Riesige Vögel, aus denen die Pulks bestanden, wurden von den aufsteigenden Jägern herausgepickt und traten mit ihrer tödlichen Fracht den direkten Weg ins Verderben an. Zuweilen lösten sich weiße Punkte aus den abstürzenden Maschinen, Fallschirme, andere flogen brennend weiter, um wie ein Feuerball zu explodieren. Wie Meteore aus einer anderen Welt stürzten die brennenden Trümmer der Maschinen herab, kerbten die Fluren mit rauchigen Wunden, Bomben rissen riesige Trichter beim Aufschlag, setzten manches Haus, Kornfeld oder einen Wald in Brand. Die Bomberjäger machten sie zu wimmernden Instrumenten ihres chaotischen Chorals. Sie preschten auf den Hügeln entlang, stürzten in die Täler und wurden wieder emporgeschleudert, sodass zwischen Himmel und Erde ein gewaltiges höllisches Symposium entstand. Die Glocken des Tales läuteten Sturm. Sie schrien die Gefahr ins Land. Das Geläut sprang von einer Kirche zur anderen. Alle großen Glocken schwangen auf einmal auf den Türmen, die kleinen klöppelten wimmernd dazwischen. Deren Seile wurden von angsterfüllten Händen ohne Rhythmus gezogen. Das sonst feierliche Geläut kündete durch das jetzt disharmonische Schlagen von Metall auf Metall von der drohenden Gefahr. Gab es in irgendeinem Dorf noch eine Feuerwehrsirene, dann heulte diese wie elend, als die Pulks von amerikanischen Bombern das Tal in derartiger Dichte überflogen, dass sie den Himmel verfinsterten. Es regnete Silberfäden, die sonst nur zu Weihnachten an den Christbäumen hingen. Die Glocken und Sirenen ertönten im Chor, wenn ein Jäger wieder einen dieser Bomber abgeschossen hatte, der von Italien in Richtung Industriegebiet Wiener Neustadt das Land überflog. Auf einer kleinen Anhöhe außerhalb des Ortes explodierte wieder ein Bomber in einem riesigen Feuerball. Die abspringenden Piloten eines anderen angeschossenen Flugzeuges wurden bereits von allzu entschlossenen Männern des Volkssturmes erwartet und viele erreichten nur mehr tot die Erde des Feindeslandes.

 Dieses Geläut, das das ganze Tal übertönte, weckte in Adolf die Assoziationen von Krieg und Gewalt, von brennenden Häusern, den Geruch von verbrannten Tieren, von geschmolzenem und wieder erstarrtem Glas, von heulenden Granaten, von hämmernden MGs und von der verbrannten Erde. Die

Feuerbrunst raste die ganze gegenüberliegende Seite der Häuserzeile vom Anfang bis zum Ende entlang, erfasste eine strohgedeckte Keusche, doch der Westwind trieb sie wieder zurück. Ein Stück weiter entfachte das Feuer ein Haus, äscherte es ein, wieder hielt ein erstarkter Wind die Brunst in Schach, hielt sie fern von Großmutters strohgedeckter Keusche. Großmutter hat es als ein Wunder bezeichnet. Doch es war wohl so, dass ihr Haus von einem großen festen, ziegelgedeckten Bauernhaus geschützt war. Über ihre niedrige Keusche blies der Sturm hinweg, sodass er die Flammen zurückdrängte.

Eine ruhige besonnene Stimme drang am nächsten Tag aus dem Telefonhörer: „Guten Morgen, Senator!"
„Freue mich, Sie zu hören, Jakobson. Was ist der Grund Ihres Anrufes?" Er war sichtlich überrascht ob der morgendlichen Zeit, entgegen aller Gewohnheiten. Senator Jakobson nahm den etwas irritierten Unterton in der vertrauten Stimme seines Fraktionskollegen und Freundes wahr und verschwieg seinen Auftrag, alle Senatoren noch einmal persönlich zu überzeugen, weil der Präsident keine Mehrheit für die Bewilligung der neuen Luftflotte im Senat bekommen hatte.
Kurze Zeit später klingelte das Telefon erneut.
Sarah, seine Frau, rief an und sagte ihm, dass ihre Mutter gestorben war. Fast augenblicklich nahmen seine Augen diesen Blick an, der ihn unweigerlich in seine Kindheit entführte. Mittlerweile geschah das immer öfter und in immer kürzeren Abständen.

Vater sollte im Sommer 1944 vom Krieg nachhause kommen. Solange wollte man mit der Beerdigung der Mutter warten. Die Hitze war so groß, dass die Zeit drängte. Ja, wenn man Kühlräume hätte, wie in Amerika, gab der Leichenbestatter zu bedenken und hielt sogleich inne, erschrocken dieses Wortes Inhalt, das ihm so unkontrolliert entfleucht war. Aber es war niemand da außer Großmutter und Adolf. Seine hektischen Blicke beruhigten sich erst, als er sich dessen vergewissert hatte. Die einzige Möglichkeit noch zu warten, wäre, die Mutter auf Eis zu legen, aber es gab kein Eis. So entschloss man sich, trotz Adolfs Flehen, den Sarg zu vernageln. Die Mutter lag so friedvoll auf einem weißen Kissen, als würde sie schlummern, angetan mit ihrem schönsten Kleid aus dunkelblauem Stoff mit einem weißen Kragen. Der Sarg hatte einen großen schwarzen Deckel, an allen Enden mit silbernen Streifen überzogen und einem großen Kreuz auf der Oberseite. Wie Keulenschläge dröhnten die Hammerschläge, die der Leichenbestatter in das Holz trieb. Mit jedem Schlag wurde der Abschied von seiner Mutter endgültiger.

„Wartet doch noch, bis der Vater kommt! Der wird alles wieder gut machen! Ihr dürft sie nicht einsperren, sie wird keine Luft bekommen und ersticken! Außerdem ist es finster da drinnen und sie wird sich fürchten! Ich weiß das, sie hat immer Angst vor der Dunkelheit. Wie hatte er versucht, den alten nagelnden Mann an seinem Vorhaben zu hindern. Er zog ihm weinend an seinem Rock, versuchte, ihn mit Füßen tretend, von diesem schändlichen Tun abzubringen, wieder einen neuen Nagel in den Sarg zu treiben. Großmutter hielt ihn ganz fest und hob ihn zu sich empor. Als er ihre Tränen sah, die langsam über ihr Gesicht rannen, wurde er sich der Sinnlosigkeit seines Widerstandes bewusst. Warum protestierte Großmutter nicht? Sie war doch sonst eine so energische Frau, die das Herz am rechten Fleck hatte und nicht auf den Mund gefallen war, wie die Leute im Dorf sagten. Warum duldete sie, dass man Mutter dies antat? Hatte sie nicht immer gesagt, solange Mutter in der Stube so dalag, Mutter schlafe nur? Er hatte keinen Grund, ihr nicht zu glauben. Mutter schlief in letzter Zeit überhaupt sehr viel. Manchmal wachte sie auf und stöhnte, als würde sie große Schmerzen haben oder als hätte sie schlecht geträumt. Großmutter gab ihr dann immer große weiße Pulver, die sie zuerst mit einem Löffel in Wasser löste. Danach schlief Mutter wieder ein. Irgendwie verstand er Mutter nicht. Sie kümmerte sich nicht um das Vieh, ging nicht auf das Feld, obwohl sie wusste, nun werde es Zeit, den Ried anzuhäufeln, die Kartoffeln gingen schon auf. Es war ein riesengroßer Acker, ein Bach floss daran vorbei und hier wollte Vater, wenn dieser unglückselige Krieg endlich vorbei war, ihrer aller Haus bauen. Das Grundstück lag direkt an der Straße und man konnte je nach Belieben ein großes oder ein riesiges Haus hinbauen, nicht wie im Dorf drinnen, eingezwängt auf einem schmalen Platz zwischen anderen Häusern. Hier hatte schon Großvater das neue Haus bauen wollen, aber er kam nie zurück aus dem Krieg. Das Geld, das er von Amerika mitgebracht hatte, war in der Kasse. Sie verwendete den Ausdruck umgefallen, das wunderte ihn, umgefallen sollte das Geld sein. Geld war ihm schon aus der Hand gefallen, ja, aber umgefallen? Adolf wusste nicht, dass es wertlos bedeutete. Das Grundstück hatte Großvater gekauft, als er in Amerika war und viele andere auch. Dort hatte er viel Geld verdient. Als er zurückkam, ist dann der Krieg ausgebrochen und er musste nach Steinamanger einrücken. Er ist nie mehr zurückgekommen, bis heute gilt er als vermisst. Irgendwo aus Russland war die letzte Nachricht von ihm gekommen. Seither wartet die Großmutter auf ihn und hat ihn nie für tot erklären lassen. Zu oft hatte man schon gehört, dass nach Jahren oder gar Jahrzehnten Männer plötzlich wieder vor der Tür gestanden sind, ihre Frauen aber wieder verheiratet waren und neue Kinder hatten. Türen, die man nun nicht mehr öffnen, sondern nur vor ihnen schließen konnte. Aufmerksam hatte Adolf immer solchen Geschichten gelauscht, wenn Mutter auf dem Felde arbeitete, er neben ihr herging oder neben ihr saß.

Wie stolz war er immer, wenn sie am Sonntagmorgen in die Kirche gingen und sie das blaue Kleid mit dem weißen Kragen trug, das sie zur schönsten Frau der Welt machte. Dann drückte er ihre Hand, seinen Besitzerstolz offen zur Schau stellend, denn er musste ja den Vater vertreten.

Adolf verstand nicht, dass sie nicht mehr aufstand, dass Großmutter nichts dagegen unternahm. Vater war nicht da. Was sollte mit dem Haus in Langenau werden, wo Vater schon den Plan hatte, von ihrer aller Haus, wie Mutter immer sagte?

Nun hatte man Mutter gewaschen, das schöne blaue Kleid angezogen und sie in ein trogähnliches Bett gelegt. Als er sie so daliegen sah, fiel ihm ein, dass die alte Frau in ihrer Kammer auch so dalag, bis man sie auf den Friedhof gebracht hatte, wie schon einige Andere auch. Er war dann mit Großmutter oder Mutter und Anderen aus dem Dorf in oft großer Schar betend dahinter hergegangen. Viele hatten geweint, nur bei der Negerbertha, da weinte niemand, sie hatte keinen Vater mehr, keine Mutter und keine Kinder. So gingen nur wenige Menschen hinter dem Sarg her. Sie war sehr arm hörte er die Großmutter sagen und arme Leute seien selbst zum Sterben zu arm. Der Pfarrer hatte nur wenige Worte am offenen Grab gesprochen, er hatte niemanden zu trösten, denn niemand trauerte und die Gemeinde wäre sogar froh, einen Esser weniger zu haben. Nur Großmutter schnäuzte sich auffallend oft, obwohl sie keinen Schnupfen hatte.

Als Adolf das alles bewusst wurde, flüsterte er angsterfüllt zur Großmutter: „Man wird Mutter doch wohl nicht auf den Friedhof bringen und in der Erde begraben, wie die Negerbertha, die nebenan im Gemeindehaus starb?" Großmutter nickte und presste ihn fest an sich.

„Wie die Negerbertha", flüsterte sie zurück, als könnte lautes Reden den Hammerschlag stören, der immer noch dröhnend, zwischendurch bisweilen innehaltend, das Zimmer füllte.

„Und wie den hinkenden Hans?"

„Ja, wie den hinkenden Hans", flüsterte sie während der Hammerschläge zurück.

„Aber die Negerbertha war uralt, hast du doch selbst gesagt, sie wäre erlöst von dieser Welt, das hast du doch gesagt", bohrte er weiter.

„Ja, das habe ich gesagt."

„Und der hinkende Hannes wäre im Himmel gut aufgehoben, denn auf dieser Welt war er nur das Gespött seiner Mitmenschen gewesen, hast du auch gesagt."

„Ja, das habe ich auch gesagt."

„Aber Mutter war doch jung und schön, das hat der alte Michael gesagt, als Mutter und ich bei ihm waren wegen des Ackers, in der Langenau", sagte Adolf. „Er hat auch gesagt, wenn die Männer aus dem Krieg zurückkehren, wären die Frauen von den Sorgen und der Arbeit alt geworden, außer Mutter, ihr merke man die viele Arbeit, die sie verrichten müsse, gar nicht an. Und gehinkt hat sie auch nicht, niemand lachte ihr hinterher wie dem Hinkerhannes. Also warum?" Adolf hatte sein Gesicht an Großmutters Wangen geschmiegt.

„Nein", sagte die Großmutter, „sie war nicht alt wie die Negerbertha, sie hinkte nicht wie der Hinkerhannes und doch hat sie Gott zu sich genommen. Ich weiß auch nicht warum, aber ich hoffe, dass ich es einmal erfahren werde."

„Von wem?"

„Von Gott!"

„Von Gott? Du meinst von Jesus, der in der Kirche am Kreuz hängt?"

„Ja, von dem!"

„Können wir nicht gleich in die Kirche gehen und ihn fragen? Der Messner, das weiß ich, hat einen Schlüssel."

„Nein, mein Kind, bei uns zuhause hängt er auch, aber wir können ihn nicht fragen. Der ist viel zu klein, als dass er reden könnte."

„Aber der in der Kirche ist groß!" Während sie sich flüsternd miteinander unterhielten, war die Schließung des Sarges beendet. Ein letzter kräftiger Schlag, ein erleichternd aufseufzender Bestatter. Vater, der vielleicht alles noch zum Guten hätte wenden können, kam nicht an diesem Tage noch am nächsten. Er kam nie wieder. Und der hätte den Schlüssel vom Messner geholt und Christus zur Rede gestellt, dessen war Adolf sich ganz sicher. Heute wusste Adolf nur eines, dass ihn alle im Stich gelassen hatten, dass es etwas Endgültiges sei, wenn man den Sarg mit seiner Mutter in die Grube hinunterließ. Denn keiner war je von dort wiedergekehrt, weder die Negerbertha noch der Hinkerhannes „Mutter, bleib da! Mutter, bleib da! Mutter, bleib da!", schrie er dem Sarg nach. „Warte doch bis Vater kommt, er kommt ganz sicher! Du weißt doch, im Krieg kann er nicht so schnell weg!" Der Sarg hatte den Grund des Grabes erreicht, man zog die Seile heraus, die Menschen warfen Erde nach und schlugen ein Kreuz darüber. Adolf wurde ganz ruhig. Er klammerte sich zitternd an den bauschen Rock der Großmutter und plötzlich war er kein Kind mehr. In diesem Augenblick begriff er das Elend und das Ungemach dieser Welt und lautlos schreiend schleuderte er bebend vor Hilflosigkeit die Klage gegen den Himmel. Er möge bedenken, dass Vater bald vom Krieg heimkommen würde und dass Vater, Mutter, Großmutter und er ja bereits Pläne für das neue Haus hätten und überhaupt, man könne doch so eine junge schöne Frau nicht einfach zu sich holen, wo sie doch so dringend hier gebraucht würde. Wer würde nun mit ihm zur Kirche gehen. Wie solle er an einen gerechten Gott glauben, wenn er ihm doch die Mutter nahm!

Sie gingen nachhause. Aber auch am Abend und am nächsten Tag kam der Vater nicht. Großmutter sagte, sie hätte eine Nachricht geschickt, aber wer weiß, ob sie ihn überhaupt erreicht hatte. Adolf war sich sicher, der Vater wusste nichts von Mutter, sonst wäre er sofort gekommen. Als er im Jahr zuvor auf Fronturlaub zuhause war, hatte er gesagt, dass er nichts auf der Welt mehr liebte wie ihn und Mutter und dass er nur für sie kämpfe. Er habe immer ein Bild von uns bei sich, das ihm in manch schweren Stunden die Kraft gäbe, durchzuhalten. Und Adolf war so stolz auf ihn, seine Brust war übersät mit Orden. Er war ein Held, nicht irgendwer. Und wenn Vater so vor Christus hingetreten wäre als Held, nicht als Besiegter, wie jener, der schon Jahrhunderte an demselben Kreuz hing, hätte es etwas geändert, so dachte Adolf.

Am nächsten Morgen ging die Großmutter wieder aufs Feld. Als Adolf erwachte, stand die Sonne schon hoch. Er hatte am Abend nicht einschlafen können. Er hatte sich ausgemalt, wie die Engel in weißen Kleidern mit schönen Gesichtern zuerst die Kränze wegräumen würden, dann die Erde und wie die Mutter ihn dann mit himmlischem Lächeln an die Brust drückte. Sie würde sagen, dass sie ihren kleinen Adolf nie alleine ließe. Sie hätte ihm erklärt, dass der Vater nicht kommen könne, weil er und seine Kameraden wieder einmal eingekesselt seien. Adolf wusste das und er stellte sich vor, wie nun alles wieder gut werden würde. Er würde mit der Mutter als Beweis an der Hand vor die Anderen hintreten und wie einst Thomas sagen: ‚Ihr Ungläubigen, wie oft habt ihr gesagt, es gäbe keinen Gott! Seht her, hier ist der Beweis! Jesus hat sicher eure Gefallenen auch schon längst wieder erweckt, nur ihr wisst es noch nicht, die Züge verspäten sich immer, wegen den Bomben. Denkt an die vielen Flugzeuge, die auch die Züge aufhalten, aber schaut her!' Freudestrahlend würde ihn dann seine Mutter hochheben und er würde sich glücklich und triumphierend an ihr geliebtes Gesicht pressen.

Nun stand Adolf auf. Hastig zog er seine Hose über und das rotkarierte Hemd, das ihm Mutter einst genäht hatte. Er rannte bangend zum Friedhof. Was, wenn die Engel schon weg waren? Wie konnte er sich bedanken? Und Mutter würde denken, niemand erwarte sie. Sicher würde sie schon traurig auf dem Grabstein danebensitzen. Der war groß und schwarz und gehörte dem Müller, der die Bauern immer betrogen hatte. Großmutter meinte, der werde ganz sicher im Fegefeuer schmoren und dieser Stein könne ihn gegen die peinigenden Flammen wohl auch nicht schützen. Schwitzend erreichte Adolf den Friedhof, eine alte Frau zupfte auf einem Grab Unkraut, welches zwischen der Einfassung wuchs. Erwartungsvoll ging er auf sie zu. Sie musste es doch schon wissen. Damals bei Jesus Auferstehung waren es auch die Frauen, die es als Erste erfuhren. Doch diese Frau zupfte emsig weiter, ohne ihn zu beachten. Er ging schnell vorbei, ohne den stechenden Kies unter seinen bloßen Füßen zu spüren. Angstvoll lief er dem Grab auf der anderen Seite des Gottesackers entgegen. Er verlangsamte seine Schritte und pirschte sich mit pochendem Herzen an das Grab an. Er vermeinte, Flügel schlagen zu hören, die Flügel von einem Engel. Aber gleich darauf krähte ein Hahn auf dem frisch geackerten Feld nebenan. Adolf erblickte das Grab, die Kränze lagen noch so da wie gestern, keine Schleife war verrückt. Der schwarze Schleier auf dem kleinen Holzkreuz schien erstarrt. Die rote Lehmerde, welche hügelförmig aufgeschichtet, leuchtete zwischen den Kränzen hervor. Die Engel waren also noch nicht da gewesen, vielleicht hatte Gott gerade keine frei, wo sie doch jetzt im Krieg alle Hände voll zu tun hatten. Aber was, wenn sie nicht kämen? Die drei Tage waren heute vorbei. Ob man Mutter dann überhaupt noch aufwecken könne? Zitternd setzte er sich auf die schwarze Grabsteinplatte. „Jesus, oh Jesus, hilf mir, lass meine Mutter nicht da unten, Vater ist auch nicht gekommen und Großmutter sagte gestern zur alten Cecilia, auch sie würde bald sterben und sie mache sich so große Sorgen um mich, denn wer weiß denn, ob Vater überhaupt wieder käme. Du kannst mir doch nicht alle Menschen nehmen, hörst du? Liegen hier nicht schon genug? Der alte Müller hier, den brauchst du nicht aufwecken, den will niemand. Dem hat man sogar einen ganz großen Stein draufgelegt."

Adolf schaute nachdenklich auf den Stein, sein kleines Gesicht in die Hände gelegt, die Ellbogen auf die Knie gestützt, wartete er so auf die Engel und auf ein Wunder.

Auf dem Kirchturm läutete die Glocke zum Mittag. Früher war das ein schöner feierlicher Klang. Dann hatte man die Glocke abgeholt und eine neue viel kleinere auf den Turm gezogen. Eher blechern schepperte diese. Man hatte sie ausgetauscht, um Kanonen für die Soldaten zu bauen. Franz hatte immer gesagt, dieser disharmonische Ton beleidige die Ohren und bald werde das ganze Dorf so scheppern wie diese Glocke, aber er werde das Gott sei Dank nicht mehr erleben müssen.

Der Winter zog ins Land. Auf den Ästen der Bäume über den Skulpturen, wie überall im Garten, lag eine dicke Schneeschicht. Gefrorene Kristalle funkelten glitzernd im Mondlicht. Der offene Kamin verstreute warmes flackerndes Licht und behagliche Wärme. Großmutter löste sich von den Skulpturen, nahm ihn an der Hand, schüttelte den Schnee ab und beide traten ins Zimmer. Sie nahm auf einem Schemel Platz, Adolf schmiegte sich an sie und sie begann wieder aus längst vergangenen Zeiten zu erzählen.

Der Kegelberg, ein dicht bewaldeter Basaltkegel jenseits des rechten Stremufers ist, wie eine Sage berichtet, das riesige Hügelgrab eines Keltenfürsten, der hier in grauer Vorzeit gegen die anstürmenden Horden aus dem Osten mit seinen Getreuen sein Land verteidigt hatte. Der ganze Berg, der sich über die Stremhügelkette erhebt, ist nichts anderes als die vernichteten Feinde mit ihren Pferden, welche man zu diesem Hügel aufgetürmt hatte. Deren Geister stiegen manchmal noch von den Wurzeln der Bäume bis zu den Wipfeln empor. In besonders finsteren Nächten konnte man ihr Wehklagen je nach Windrichtung talauf- und talabwärts vernehmen. Aber diese Geister hatten keine Macht, denn oben auf der Spitze lag der Keltenfürst in seinem Grabe, der ehemals die Feinde besiegt hatte. Deshalb hatten die Bauern auch keine Angst, wenn sie die Bäume fällten, um Brenn- oder Bauholz daraus zu schneiden. Im Gegenteil, wenn sie einen besonders mächtigen Baum schlugen, verhöhnten und spotteten sie ihn. Sie nannten ihn Mogul oder Wesir, Mohamed, Sultan oder Khan, genauso wie sie ihre Hunde nannten. Adolf war verwundert. Dass man Bäumen Namen gibt, das war ganz etwas Neues für ihn. Ungläubig wiegte und drehte er seinen Kopf, als wolle er unter keinen Umständen akzeptieren, dass man Bäume mit irgendwelchen Namen bedachte und noch dazu mit Hundenamen. Jede Generation holzte eine Menge im Wald, jede Generation lachte darüber und gab den gefällten Bäumen Namen, womit sich die Herrscher der mongolischen Reitervölker mit den römischen Imperatoren und den türkischen Brandschätzern untereinander vermengten. Alle waren sie Symbole des Todes, der Unterdrückung und Sklaverei. Aber manch abergläubiger Waldbesitzer nahm kein Bauholz aus diesem Wald, er wähnte es als schlechtes Omen, obwohl gesagt wurde, dass der Geist, der im Baum lebte, wieder in den Berg zurück müsse, wenn der Baum fiel, Geister irgendwelcher bösen Dämonen aus den Steppen Asiens, eines christenverfolgenden Kaisers oder eines turkmenischen Eroberers. Jene waren meist erst wirklich erleichtert, wenn der Ofen im Winter mit monotonem Gesang die endgültige Vernichtung des Geistes bestätigte. Die Bäume trugen das Böse in sich, glaubten die Menschen und manch Bauer musste im Laufe der Jahrhunderte die Fällung mit seinem Leben bezahlen. Die Strem, die wegen des geringen Gefälles unschlüssig ihre Richtung mehrmals änderte, floss in einzelnen Talabschnitten sogar gen Norden, um dann doch wieder ihrer vorprogrammierten Richtung zu folgen. In lauen mondhellen Nächten flackerten aus den versumpften moorigen Wiesen entlang der Strem bläuliche Irrlichter. Eine andere Sage, die von Generation zu Generation an winterlichen Abenden eher geflüstert als erzählt wurde, besagt, dass unter den versumpften Moorwiesen versunkene Barbaren lagen.

In dieses einst bodenlose Tal, so wusste es die Sage, lockte der Keltenfürst die wilden Horden. Viele von ihnen versanken so samt ihren Pferden in dem moorigen Tal, keinerlei Spuren hinterlassend. Denen es dennoch gelang, das Tal zu überwinden, entgingen nicht desto weniger ihrer Vernichtung. Sie wurden am Rande des Tales von den Kelten schon erwartet. Die Kelten stapelten dann die Gebeine der vernichteten Feinde auf einer Hügelkette stremabwärts zu einem riesigen Kegel, welcher alsbald von Gras, Sträuchern und Bäumen überwuchert, einen kegelförmigen Berg vortäuschte. Bevor der

Keltenfürst starb, befahl er seinen Untergebenen, ihn auf der Spitze des Kegels zu bestatten, sodass er auch im Tode die Geister der besiegten Feinde unter Kontrolle halten konnte. So bestattete man alle Krieger der Kelten von nun an auf dem Berg, um ihren Häuptling zu unterstützen.

Das Rumoren und Grollen in der Tiefe des Berges, das man als Kämpfe der Geister der Kelten mit den Mongolen wähnt, als einen immer fortwährenden Kampf des Westens gegen den Osten, erreicht an jedem Tag, wenn der Vollmond über der Kuppel des Berges steht, seinen Höhepunkt. Es ist jedes Mal wieder wie eine große Schlacht und die ausbrechenden Barbaren müssen mit ihren Pferden wieder in den Berg zurück. Auch den Hunnen, den Magyaren und den Türken, die alle einst das Land verheerten, gelang es nicht auf Dauer, dieses Land zu beherrschen, obwohl sie, so meint die Großmutter, das Volk der Kelten ausgerottet oder vertrieben hatten. Großmutter verstummte und Adolf hing seinen Gedanken nach. Er fand, seine Großmutter sei eine gebildete Frau. Sie wusste um die Geschichte dieses Landes, seines Volkes und seiner Besiedelung.

„Ich glaube", sagte Adolf nachdenklich, „sie leben noch unter uns. Irgendwer, der damals gelebt hat, ich meine die Kelten, muss es doch weitererzählt haben, wie du mir, und ich erzählte es Franz, aber er wusste es schon. Der wusste sogar, wie die Barbaren aussahen." Dabei blinzelte Adolf mit seinen zusammengekniffenen Lidern und zog die Augenwinkel nach rückwärts und gleichzeitig in die Höhe, sodass er schlitzäugig aussah.

„So, so", sagte die Großmutter. „Das weißt du auch vom Franz." „Ja und noch viel mehr. Ich weiß auch, dass sie wiederkommen werden und kein Keltenfürst wird sie aufhalten können, diese grausamen Barbaren und weißt du, wie sie jetzt heißen?"

„Wie?" Großmutter ahnte Unheil.

„Untermenschen!", sagte Adolf. „Ja alle Menschen aus dem Osten sind Untermenschen, dazu müssen sie nicht einmal schlitzäugig sein."

„Und woher weißt du das wieder? Das hat dir sicher nicht der Franz gesagt."

Adolf überlegte. „Nein", gab er zu und dachte angestrengt nach, woher er das wusste. Er tat es nicht ohne Stolz über sein Wissen, über das selbst Großmutter staunte, wie er annahm. Adolf kam sich wichtig und gescheit vor und unterstrich diese auch offensichtlich klar anerkannte Tatsache dadurch, dass er weiterhin intensiv nachdachte. Er setzte einen bekümmerten Gesichtsausdruck auf und zog die Stirn in Falten. Natürlich wäre es ein Leichtes gewesen, rund und frei zu sagen, woher er es wusste, aber das wäre eine Abwertung seines Wissens gewesen. Er wusste es von Karl und Karl war einer, den man nach Großmutters Meinung meiden sollte, obwohl sie immer der Meinung war, alle sind Kinder Gottes, und wenn man jemanden verspottet, verspottet man Gott. Adolf entspannte seine Stirn und blickte Großmutter treuherzig an. Er wusste ohnehin, lügen lohnte bei Großmutter nicht und so sagte er beiläufig „von Karl!" Er trollte sich nach draußen, wo gerade eine Schar Kinder lautstark ihr Dasein verkündete. Sie zogen streitend und hänselnd die Straße hinab.

Es war wieder die Zeit, wo der Nebel anfing, sich wie ein dünner ausgefranster Schleier über die sumpfigen Wiesen zu legen. Noch hatte die Sonne genug Kraft, den Nebel am Morgen kurzerhand aufzulösen. Doch allmählich bedeckte er das ganze Tal und gegen November erhob er sich den ganzen Tag nicht mehr von der Erde. Mit jedem Tag nahm der Nebel an Dichte und Stärke zu. Vom Tal stieg er stetig auf bis zu den Hügeln, nahm sie in Besitz für Tage, wenn nicht sogar für Wochen. So beherrschte er das Land, dämpfte die Laute, die frohen und die traurigen, machte die Farben stumpf und die Menschen melancholisch. An solchen Abenden saß Adolf mit seiner Großmutter vor dem Ofen in der warmen Stube. Durch das Ofentürchen sahen sie die Flammen züngeln. Diese warfen ihr zuckendes Licht in die Stube, tanzten auf ihren Gesichtern, ließen Großmutters graue Haare warm und jung erscheinen. Die Flammen überlagerten die vielen Runzeln ihres ebenmäßigen Gesichtes. Adolf fand, seine Großmutter war die schönste Frau, die er kannte, natürlich nach Mutter, aber wenn er sie im Profil betrachtete, fand er, dass sie gleich ausschauten, ausgeschaut hatten. Er vermisste seine Mutter. In das flackernde und knisternde Feuer hinein sagte er: „Aber Großmutter, du verlässt mich nie!"

„Nein, mein Bub", pflegte sie dann zu sagen, „ich werde dich nie verlassen", sie strich ihm dabei zärtlich über den Kopf und er summte und brummte. Wenn all das Ungemach draußen vor der Tür nicht gewesen, die Mutter nicht gestorben, der Vater vom Kriege schon zurück, der Siegfried nicht gefallen und Franz nicht gestorben wäre, dann wäre Großmutters Schoß wohl der Himmel auf Erden gewesen. Er liebte das Feuer, wenn es warm und klein vor sich hinbrannte, nicht dieses Feuer, als das ganze Dorf brannte, das Vieh sich brüllend in den Ställen wälzte, bis ihre Seelen sich in den Tierhimmel erhoben. Dass Tiere auch eine Seele hatten, dessen war sich Adolf ganz sicher. Er hörte ja immer, dass sogar Bäume eine Seele hatten. Bäume hatten böse, aber auch gute Seelen.

Großmutter erzählte oft Geschichten am Feuer, Geschichten von den Reiterhorden, die aus dem Osten gekommen waren, mordend über das Land herfielen und mit ihrem Feuer und Schwertern alles vernichteten. Oder die Erzählung über den Keltenfürsten, ein Hüne von Gestalt und ein Geistesheros, der mit seinen Getreuen die Eindringlinge aus dem Osten mit List und Mut besiegt hatte. Seine Seele lebte in der riesigen Eiche auf dem Kegelberg. Die Bäume dort trugen böse Seelen in sich. Und da die Bauern aus dem Dorf ihre Häuser damit bauten, nahmen sie auch diese bösen Seelen mit in ihr Heim. Jedoch die Eiche, die immer mächtiger wurde, rührten sie nicht an. Doch eines Tages fällte ein Blitz die Eiche, die sich brennend den gefangenen Kriegern ergab. Die sturmgepeitschten Wolken, die grollend über den nächtlichen Himmel jagten, kündeten mit Blitzlichtern das nahende Inferno. Wenn sich der Giebel eines Hauses den vernichtenden Kräften ergab, wurden die Gefangenen erlöst, welche aus dem Gestühl mit feurigen Rössern auf den Giebeln der Häuser ritten, das Stroh der Dächer in ein Meer von Flammen verwandelten. Immer neue Reiter mit ihrem flammenden Gehänge brachen aus dem Gestühle, preschten über die Dächer, erlösten weitere gefangene Krieger, verschmolzen mit Sturm, Blitz und Donner zu einem alles vernichtenden Symposium und legten das ganze Dorf in Schutt und Asche. Kein Haus entging in jenem Jahr 1666 der Vernichtung. Was den Reitern zu Lebzeiten nicht gelang, vollendeten sie in jenen Tagen und zogen mit einem fürchterlichen Unwetter, welches das Böse in sich trug, Richtung Osten. Und zu der Zeit kamen sie immer und immer wieder und es gab keinen Keltenfürsten mehr, der den wilden Horden Einhalt gebot, wenn sie sengend und brennend das Land verwüsteten, die Frauen vergewaltigten, die Männer erschlugen, die Kinder pfählten oder entführten. Es war ein Land der Not, das seine Wurzeln verloren hatte, von immer wiederkehrender Gewalt überschwemmt, wo der Samen der Vergewaltigung Spuren in den Gesichtern nachfolgender Generationen hinterließ. Die Urväter waren aus den Steppen Asiens, den Bergen Kirgisiens oder Anatoliens, klein mit runden Köpfen, hervorstehenden Backenknochen, Mongolenlidern um ihre Augen und krummen Beinen. Großmutter sagte immer wieder, dass dieser Krieg mit dem Osten wohl nicht der letzte war, sie werden immer wiederkommen.

„Bis wieder ein Keltenfürst kommt", meinte Adolf. Großmutter sagte traurig: „Weißt du, die Meisten dachten, er wäre wieder auferstanden."

Die Geschichte von den gefangenen Kriegern im Kegelberg kannte Adolf schon. Er wollte eine andere Geschichte! Er mochte keine Märchen oder Geschichten für kleine Kinder. Und so erzählte die Großmutter immer wieder Geschichten aus alter Zeit von der Not und dem Elend in diesem Lande.

Wieder fiel die Dämmerung ins Land, das Holz brannte im Ofen brummelnd vor sich hin, der Wind lispelte und pfiff durch die fensterlosen Mauern, auf den verkohlten Bäumen die Krähen verjagend und einzelne Schneeflocken vor sich hertreibend. Adolf saß auf Großmutters Schoß auf dem Schemel vor dem Ofen und lauschte ihren Erzählungen und Sagen, während der Feuerschein durch die Zuglöcher im Ofentürl brach und die Stube in ihrem Umkreis mit seinem flackernden Licht erhellte. Adolf fühlte sich geborgen auf Großmutters Schoß. Er kuschelte sich an sie, während er fasziniert das Licht der ausbrechenden Flammen betrachtete, das sich erst beruhigte, wenn das Holz heruntergebrannt war, nur noch vor sich hinlosend und von keiner sprengenden Flamme gestört, gleichmäßiges Licht verströmte. Dann allerdings machte er sich auf den Weg zur nahen Holzkiste, um den Ofen mit weiterem Holz zu füttern, um sich dann nach getaner Arbeit wieder auf Großmutters Schoß zu verkriechen und diese mit ihren Erzählungen aus alter Zeit fortfahren konnte. Heute erzählte sie ihm von den versunkenen Glocken. Wieder einmal stand die Türkengefahr vor den

Grenzen und die Bauern schickten sich an, ihr Hab und Gut auf Wägen zu verladen, um sich in die tiefen Wälder zurückzuziehen. Wohl wissend, dass wenn die Türken abgezogen waren und sie nach der Brandschatzung zurückkehren konnten, nur mehr die lehmgestampften Mauern stehen würden und der Aufbau erneut von vorne beginnen musste. Nun eilte den Brandschätzern die Kunde voraus, dass sie die Glocken von den Kirchen stahlen, um Kanonen aus ihnen zu gießen. So stiegen einige beherzte Männer, noch bevor sie sich mit ihren Familien in Sicherheit brachten, auf den Kirchturm, um die Glocken abzuseilen und zu vergraben. Sie vergruben die Glocken dann unweit des Dorfes, wo die moorigen Wiesen begannen. Dort war es leicht zu graben und die Spuren waren ebenso leicht zu verwischen. Nach dem Abzug der Türken wollten dieselbigen Männer die Glocken dann wieder ausgraben. Das moorige Gelände lag noch so unberührt, wie sie es zurückgelassen hatten. Sie gruben und gruben, immer tiefer und tiefer, bis es nicht mehr ging und das Wasser alles umspülte. Nun kamen sie mit langen Stangen und stocherten in der Tiefe, wo sie die Glocke vermuteten. Der Torf ließ sich leicht durchstechen, aber sie fanden die Glocken nie mehr wieder.

Der Wind hatte zugelegt und fuhr nun durch den Rauchfang in den Ofen, ließ die Fensterscheiben erzittern. Adolf sah die Großmutter an. Mancher Kettenhund jaulte in solchen Nächten, Hunde, die Mohamed, Sultan, Khan oder Attila hießen und auch bei klirrendem Frost nicht in die warme Stube gelassen wurden, so als wollte man sich rächen für die den Menschen angetane Schmach ihrer Namensgeber, fuhr Großmutter fort. Die Glocken schwangen tief vom Moore herüber und der Wind trug das Geläut über das ganze Tal.

„Großmutter, ist heute so eine Nacht?", fragte Adolf.

„Ich weiß nicht", antwortete sie, „aber die Leute im Dorf sagen, dass man die Glocken im Moor heute noch hin und wieder läuten hört."

Adolf rutschte von ihrem Schoß, nahm sie an der Hand und zog sie zur Tür hinaus, wo der Wind durch die fensterlosen Ruinen pfiff, ein angeketteter Hund durch die Nacht bellte und das Schneegestöber sie umtanzte.

„Großmutter", flüsterte er ihr zu, „heute ist so eine Nacht, hör nur!" Adolf vermeinte, tatsächlich das Geläut der Glocken zu hören. Mit dumpfem Klang tönten sie aus der Tiefe des Moores, begleitet vom pfeifenden Winde, der immer mehr erstarkend den Schnee vor sich hertrieb und weiteren Hunden, die in das Geläute einfielen.

„Großmutter, hörst du die Glocken, wie sie schwingen und die Klöppel schlagen? Großmutter, heute ist wieder so eine Nacht. Großmutter, hörst du sie?"

Großmutter nickte und zog Adolf zurück ins Haus. Sie setzten sich wieder vor das wärmende Feuer und Großmutter erzählte eine neue Geschichte.

Vor langer Zeit gab es vier Burschen in diesem Dorf. Es waren die Söhne von vier der reichsten Bauern, aber statt zu arbeiten, überließen sie das Arbeiten dem Gesinde. Sie verbrachten ihre Zeit lieber im Dorfwirtshaus bei Sang und Trank, oft bis spät in die Nacht. Dort trugen sie auch manchen Raufhandel aus, wobei sie immer zusammenhielten wie Pech und Schwefel. Keine Dienstmagd war vor ihnen sicher und so kam es, dass einer, nachdem er stockbesoffen eines nächtens nachhause kam, in das Dienstmagdzimmer ging. Von da weg ward er nimmer gesehen. So viel man ihn auch suchte, er war und blieb spurlos verschwunden, bis man eines Tages seine Leiche bei Holzschlägerarbeiten im Wald fand. Füchse hatten den Kadaver ausgegraben. Die

Gendarmerie ermittelte, fand dabei Spuren von Dünger an seinem verwesten Körper und seiner restlichen Kleidung.

Adolf fragte schaudernd: „Und wer war der Mörder?"

Großmutter fuhr fort. „Ein Knecht."

„Ein Knecht?", fragte Adolf zurück, „ein Knecht? Du hast doch gesagt, er stieg ins Dienstmädchenzimmer ein." Plötzlich begriff er, „Ach ja, der Knecht."

Besagter Knecht, und hier machte die Großmutter eine vage Handbewegung, hatte den Sohn des Bauern erschlagen. Am Morgen in aller Herrgottsfrühe warf er den Toten auf den Mistkarren, lud eine große Fuhre Mist darauf und fuhr mit seinem Pferdegespann auf den Acker, denn es war gerade Düngezeit. Dort lud er den Dünger wie üblich haufenweise ab. Der Acker grenzte unmittelbar an den Wald und dort vergrub er den Sohn des Bauern als letzten Haufen.

„Und haben sie den Mörder gefasst?"

„Nein, ich wüsste nicht, denn Magd und Knecht verließen den Bauern schon viel früher zu Maria Lichtmess und zogen fort."

Adolf war bekümmert, dass der Knecht nicht seine gerechte Strafe bekommen hatte. Großmutter fand, dass sie diese Geschichte nicht hätte erzählen dürfen, dafür wäre er noch zu klein. Aber Adolf sprang von ihrem Schoß und baute sich vor ihr auf. Er war tatsächlich schon so groß, dass er Großmutter, die auf dem Schemel saß, direkt in die Augen sehen konnte.

„Nun komm schon her du großer Mann", fuhr sie fort. Nachdem man den toten Sohn – besser gesagt, seine bereits verweste Leiche – beerdigt hatte, feierten die anderen drei Freunde sein Totenmahl auf ihre Art. Nachdem sich die Trauergäste wie üblich mit einem Gebet verabschiedet hatten, schworen sich die drei mittlerweile Stockbetrunkenen Rache für den Ermordeten.

„Wir schwören es dir!", grölten sie in der Wirtsstube, „wir, deine Freunde schwören es dir!"

„Doch er ist nicht hier. Vor wem sollen wir schwören?"
„Wirt, hol uns ein Kruzifix!"
„Nein, vor seinem Kreuz werden wir es schwören."

So gingen sie, obwohl es bereits stockfinster war, zum Friedhof, zogen sein Grabkreuz, dass man erst Stunden vorher auf dem Grabhügel eingeschlagen hatte, heraus und trugen es zum Wirtshaus zurück. Dort stellten sie das Kreuz auf den leeren Sessel, wo der Tote immer gesessen hatte und einer nach dem anderen prostete dem Kreuz zu und sie schworen, dass sie den Mörder zur Strecke bringen würden. Es wurde ein Gelage draus, zumal er, der Tote, für den stellvertretend das Kreuz da war, immer mitzutrinken hatte. Jedes Mal wurde das Glas Wein, das für den Toten bestimmt war, auf dieses Kreuz geschüttet, sodass sich auf dem Boden eine riesige Lache Wein angesammelt hatte. Es war weit nach Mitternacht, als sie beschlossen, das Kreuz wieder auf das Grab zurückzubringen. Sie forderten einen Hammer vom Wirt, den sie, wenn auch kopfschüttelnd, bekamen. Und als sie die Wirtsstube verließen, leuchtete der Mond über jagenden Wolken, die vom Winde getrieben wurden. Weit nach Mitternacht kamen sie auf dem Friedhof an.

Adolf gruselte es auf Großmutters Schoß. Er kuschelte sich noch näher an sie heran.

„Hatten sie denn keine Angst um Mitternacht auf den Friedhof zu gehen?"

„Nein, warum sollten sie auch Angst haben? Tote tun doch niemandem etwas."

Adolf fielen seine Mutter ein, der Franzi, der Hinkehannes, Siegfried und die Negerbertha. Sie taten wirklich niemandem etwas. Er fing an zu weinen.

„Aber bist du nicht schon ein großer Mann? Männer weinen doch nicht."

„So groß bin ich wieder nicht", schluchzte er, seine Tränen an Großmutters Brust abreibend.

„Doch, doch, du bist schon ein ganz Großer", beruhigte sie ihn. Nach einer Weile erzählte die Großmutter weiter.

Die drei Betrunkenen waren also zum Friedhof getorkelt, suchten das Grab des Freundes und begannen das Kreuz wieder in die Erde zu schlagen, was ihnen jedoch wegen ihrer Berauschtheit nicht gut gelang. So kniete sich einer von ihnen nieder. Dabei hing seine Krawatte bis auf die Erde. Kniend und schwankend versuchte er, die Spitze des Kreuzes auf dem Boden zu halten. Dem über ihm Stehenden schrie er zu, er solle fest zuschlagen und jener schlug so lange immer wieder zu, bis er vermeinte, das Kreuz tief genug eingeschlagen zu haben. Der Dritte torkelte, seinen toten Freund beweinend, um das Grab, bis er plötzlich über einen Körper stürzte. Es war der, welcher das Kreuz unten gehalten hatte. Nun lag er stranguliert am Boden, denn er hatte die Spitze des Kreuzes auf seine vornüber hängende Krawatte gestellt und mit jedem Schlag wurde er tiefer zur Erde gezogen, bis er schließlich erstickte.

Adolf sah seine Großmutter an, bis diese beteuerte, dass sie diese Geschichte von ihrer Großmutter erzählt bekommen habe:

Eines Tages stand die Magd mit einem kleinen Kind auf dem Arm vor der Tür des Ermordeten. Sein Vater öffnete die Tür. „Das ist dein Enkelkind", sagte sie, wollte das Kind in seine Hände legen und wieder gehen. Als Magd mit einem kleinen Kind, wo hätte sie auch Arbeit gefunden.

„Wo ist Franz?", so hieß nämlich der Knecht, fragte der Bauer. Bei einem Raufhandel, denn dieser Knecht suchte immer Streit, wurde er erschlagen. Magd und Kind blieben bei dem Bauern, und als das Kind heranwuchs, wurde es seinem erschlagenen Vater immer ähnlicher. Es war ein braves und fleißiges Kind, wurde ein junger Mann, der die ganze Bauernwirtschaft mit kluger Hand führte, mied den Alkohol zur Freude seines Großvaters, welcher ihn als Alleinerbe für seinen Hof einsetzte.

Jene zwei Freunde, die übrig geblieben waren, rührten fortan nie wieder einen Tropfen Alkohol an. Sie vergruben sich sozusagen in der Arbeit.

Adolf war froh, dass der Knecht seine gerechte Strafe erhalten hatte und dass der Großvater statt seines Sohnes, welcher offensichtlich ein Taugenichts war, einen so tüchtigen Enkelsohn bekommen hatte. Da ergab das Schicksal schon seinen Sinn.

Und die Rache, die sie geschworen hatten, die hatte sich erübrigt. „Ja", sagte Adolf darauf, „Tote kann man nicht mehr richten."

Es wird jetzt langsam Zeit, ins Bett zu gehen.

„Aber ich bin noch nicht müde und kann sicher gar nicht einschlafen." Und Großmutter erzählt weiter.

„Wenn der Schlaf mir fern, zähle ich anstatt der Schäfchen die Toten aus unserm Dorfe. Ich durchstreife die Straßen und Gässchen, die hinter dem Berg liegenden einsamen Gehöfte der Bauern, die armseligen Hütten am Weiher, wo die Tagelöhner ihr armseliges Leben fristeten. Die Bauern mit ihrem wenigen Grund und Boden und dem nur mehr geringen Viehbestand waren reich gegenüber den Tagelöhnern, welche bei ihnen arbeiteten. Ich sehe diese Menschen mit geschlossenen Augen vor mir. Die vielen in meiner Erinnerung verbliebenen Eindrücke und Begebenheiten kommen in schlaflosen Nächten wieder ans Licht und sei es nur das Licht des Nichtvergessens. Ich hole sie aus ihren Gräbern, wo sie schon so lange tot liegen. Die Erinnerungen aus ferner Kindheit, wo die Armut der ständige Begleiter der Menschen war. Ich sehe die Hausfassaden der Bürgerhäuser, die von keinerlei Protz geziert waren. Meistenteils Kaufleute, die einfachen der Handwerker und die schäbigen kleinen und langgestreckten Giebelhäuser der Keuschler. Sie alle stehen aneinander gepresst. Karg war nicht nur der Boden, den der Grundherr den Bauern überließ. Das ehemals herrschaftliche Gebäude mit seinen vielen großen Speichern und Ställen ist längst verfallen. Den Boden bearbeiten noch immer viele der kleinen Bauern. Das Gebäude fand jedoch keinen Käufer, als die so genannte Herrschaft aufgelöst wurde. Viele der Knechte und Mägde, welche auf dem Gutshof beschäftigt waren, zogen fort in die Städte, wurden Fabrikarbeiter und blieben dort. Nichts band sie an das Land, das sie nur bearbeitet hatten. Einige wenige nur kauften sich von ihrem kargen Ersparten etwas Grund in der Hoffnung, dass er sie ernähren könnte. Aber auch sie mussten, sofern sie keine andere Arbeit fanden, sich als Landarbeiter auf anderen Gutshöfen verdingen und kehrten nach der Saison in ihre Keuschen zurück. Arm war das Land und arm waren seine Bewohner, trotz allem Fleiß, den sie in sich trugen, und all der Arbeitswilligkeit, die ihnen anerzogen ward. Viele wanderten aus nach Amerika, doch sonderlich reich wurde auch drüben niemand. Sie waren und blieben Diener. Manche konnten kaum lesen und schreiben, so als ob sie zur Arbeit und zum Dienen geboren waren.

Trostlos war das Land, wenn sich im Herbst der Nebel aus dem Sumpf der Wiesen erhob, bleiern über dem Tal lag und die wenigen Laute in der milchigen Brühe verloren gingen. Der Tod kam lautlos und nahm sich der schwachen, oft lungenkranken Kinder an. Er war ein ständiger Gast, zu viel wurden geboren, als dass sie ernährt hätten werden können. Er nahm oft das erst neu geborene Kind. Manchmal nahm er auch gleich die Mutter mit, wollte wohl, dass der kleine Wurm in der Ewigkeit nicht alleine war. Dann blieben nicht viel Größere im Elend zurück. Die Ältesten übernahmen dann die Mutterrolle, um mit kindlicher Fürsorge ihre noch kleineren Geschwister zu versorgen. Wenn man solch eine Mutter mit ihrem Kindlein in einem aus groben Fichtenholz gehauenen Sarge zu Grabe trug, gingen trotz der Kälte Kinder in armseligen geflickten Kleidern barfuß hintendrein, oder wurden ihrer Größen entsprechend getragen, denn für etliche der Kinder gab es keine Schuhe.

Manches der Kinder folgte der Mutter und dem früh gestorbenen Geschwisterlein sehr bald nach in einen hoffentlich besseren Himmel. Der Tod kam jeden Tag, als wollte Gott möglichst viele von diesen elenden armen Menschengeschöpfen in sein Paradies holen.

Während eine Mutter einem fiebernden Kind mit einem in kaltem Wasser getränkten Lappen die Stirne kühlte, hatte der Tod sich des armen Kindleins bereits angenommen. Was wissen die Großen dieser Welt vom Schmerz einer Mutter, die so sie ihr Kind in der Wiege verliert oder es dem Kriege opfert?

Derweilen jedoch in das Unbill eines unlebenswerten Daseins hineingeboren, blieb den Tieren wenigstens der Trost des Nichterkennens. Die himmelschreiende Ungerechtigkeit, von welcher besonders die Armen betroffen waren, ein Arzt hätte oft vielleicht helfen können, aber er konnte nicht gerufen werden. Und während Adolf zuhörte, dachte er, Gott hatte auch nicht geholfen mit all seiner Allmächtigkeit.

Beide schwiegen sie, Großmutter wohl in der Vergangenheit weilend. Adolf sah seine Mutter in ihrem blauen Samtkleid mit weißen Spitzen am Hals in einem mit silberner

Papiermaschee beschlagenen Eichensarg. Adolf hörte wieder den Hammerschlag des Leichenbestatters, welcher die Nägel mit schier unmenschlicher Gleichgültigkeit in den Sarg trieb und dachte an Vater, der ihn im Stich gelassen hatte. Obwohl seine Großmutter es immer wieder abstritt und meinte, Vater wäre noch in Kriegsgefangenschaft wie so viele andere auch, wuchs der Argwohn gegen diese Behauptung. Vater hatte sich nie dem Feind ergeben. Vaters Feinde waren zwischendurch Adolfs Freunde geworden. Einer hatte ihm das Leben gerettet und das selbst mit dem Tode bezahlt. Adolf hatte noch das blutverschmierte Foto. Immer wenn er die Brieftasche aus seinem Versteck hervorholte und den blonden Jungen mit der Frau ansah, festigte sich der Gedanke, dass auch sein Vater einem anderen Buben im Feindesland das Leben gerettet hatte und dabei ebenso getötet worden war. Trauer und Erleichterung in einem brachten Adolf in einen Zwiespalt. Dass Vater ein Held war, wusste er von seinen vielen Auszeichnungen, aber er wusste auch, wofür er sie bekommen hatte. Vater hatte viele Panzer abgeschossen und die feindlichen Soldaten waren verbrannt oder wurden niedergeschossen, wenn sie aus dem brennenden Panzer sprangen. Bei solchen Gedanken wagte Adolf kaum zu atmen, ob der Ungeheuerlichkeit, ein Held zu sein aufgrund des Tötens.

Seit das Denkmal im Garten stand, war der Platz an seinem Schreibtisch zu seinem Lieblingsplatz geworden. Nicht dass er vielleicht wichtige Sachen nicht erledigt hätte, aber wenn die Dämmerung ins Zimmer fiel und bleiern über dem herbstlichen Garten lag, verwandelte sich seine Wahrnehmung und immer mehr drängte sich die Vergangenheit auf, wurde lebendig, überlagerte sein Hier und Jetzt, wurde seine Stimmung depressiv, er tauchte in seine Kindheit ein.

Ein kahler Baum im Garten wurde ein Kreuz, auf dessen Stamm ein seltsam verformter Körper hing. Es war Christus, der gepeinigt und gefoltert, einst von Andreas, dem Briefträger, den man später nur den Herrgottschnitzer nannte, aus einem Baum geschlagen worden war.

Das alte Schulhaus wirkte zwergwüchsig neben der neuen zweigeschossigen Volksschule, fast armselig und so als würde es zu tief in der sie umgebenden sumpfigen Wiese stecken, was ihm das Aussehen eines versinkenden Gnomen verlieh. Das steile verwitterte schwarze Ziegeldach saß wie ein hoher riesiger deplazierter Hut auf den niedrigen, weiß gekalkten Wänden mit den kleinsprossigen Fenstern und schien durch sein Gewicht die Mauern weiter in den nachgebenden Boden zu drücken. Dahinter lag ein noch mit Stroh bedecktes lang gezogenes Haus. Das flache Gebäude war zu einem Teil offen und diente als Schuppen für Holz und allerlei Geräte. Zum anderen Teil war es in kleine Einzelzimmer gegliedert, deren Türen von der lehmgestampften Kreen direkt in die einzelnen Zimmer führten. Hier und in diesem alten Schulgebäude, wohnten die Armen des Dorfes, kinderlose Landarbeiter, die ihr Brot während ihres reichen Arbeitslebens auf österreichischen oder ungarischen Gutshöfen verdienten. Mit diesem kargen Lohn, den sie im Sommer verdienten und im Winter verbrauchten, waren sie nicht im Stande, sich ein Dach über dem Kopf zu schaffen. Dort wohnte auch der verkrüppelte Schneider Hannes, der bei einem kinderreichen Schneider arbeitete, dessen Frau bei der Geburt des jüngsten Kindes gestorben war. Er sah kaum einen Lohn und lebte mehr schlecht als recht in diesem langgestreckten, ebenerdigen Gebäude. Die spottlustigen, hohnlachenden, grausamen Kinder der Straße versuchten ihm bewegungsgenau nachzuhinken, wenn er zur Arbeit ging oder von jener kam. Er konnte sie nicht einmal verscheuchen, denn seine verkrüppelten Beinen erlaubten ihm kaum das Gehen geschweige denn das Laufen. Wenn er sich lautstark schimpfend umdrehte, hielten auch sie inne und schimpften ebenso lautstark in eine andere Richtung. Hannes ging mit ganz kleinen Schritten, seine Beine waren am Knie zusammengepresst und ein Fuß war kürzer als der andere. So gehend verfolgten ihn die Kinder. Kam jedoch ein Erwachsener vorbei, verhielten sie sich ohne viel Getue so gesittet, als ginge sie der Hinkerhannes, wie er gewöhnlich genannt wurde, gar nichts an. Wie Hannes wohnte auch Andreas, der Briefträger und Herrgottschnitzer, in dieser Keusche. Seit Franz war Andreas sein bester Freund geworden, und wenn der kleine Holzofen in der kleinen Stube lustig vor sich hinbrummte, und Andreas wieder einen Herrgott aus Holz schlug, fühlte sich Adolf geborgen. Er saß oft auf dem mit einer groben Decke versehenen Bett. Während Andreas schabend an dem Korpus werkte, erzählte er Adolf Geschichten aus seinem Leben.

Gott habe ihm einen Sohn geschenkt, so prächtig, so schön, so zierlich und dann dachte er wohl, dass es zu viel des Guten sei, und nahm dafür seine Mutter. Es reute ihn wohl oder er hatte etwas gegen Arme und er holte auch den Sohn zu sich zurück. Bei Armen genügte eine kleine Lungenentzündung. Es gab kein Geld für einen Arzt. Er versuchte, das Fieber mit kalten Umschlägen zu senken. Andreas trug den Sohn stundenlang auf seinen Armen, aber er starb in seinen Armen mit nur vier Jahren. Seine Hände und sein kleiner Körper waren einfach steif geworden. Nichts hatten all die Gebete genützt, Gott möge doch lieber ihn, den Vater zu sich nehmen.

Es war ein so hübsches Kind, sein Sohn. Er hatte ganz blonde Haare und blaue Augen. Die waren so blau wie das Vergissmeinnicht. Ein Engel, wie ein Engel sah er aus und er wird wohl auch einer sein.

Einmal erzählte Andreas Adolf, dass er Zwiesprache mit Gott halte, wenn er einen Korpus des Herrn schnitze. Irgendwann werde er zu ihm sprechen, wenn er ihn aus einem besonders schönen Stück Lindenholz schnitze, wenn er ihm die Dornenkrone so aus dem Holz schnitt, dass er selbst spüren konnte, wie es ihm am Kopf schmerzte. Dann dachte Andreas, dass er doch eigentlich aufschreien hätte müssen vor Schmerz, hunderte Male kreuzigte er ihn mit spitzen Nägeln. Er wollte sich rächen für seinen Sohn. Doch Christus war selbst Sohn. Dann hatte er eine Zeit, da war ihm, er schnitt in lebendiges Fleisch und es wäre sein Sohn, dem er qualvoll Schmerzen zufügend die ganze Niedertracht der Menschheit ins Gesicht schneiden müsse, ein Körper voller Kerben, ein Gesicht voller Furchen. Leidvoll hing der Korpus mit erschlafften Händen, mit geknickten Beinen, gebrochenen Augen. Die Wunde auf seiner rechten Seite klaffte tief, das Blut floss aus seinem Körper, das schmerzverzerrte Gesicht fiel vornüber, die Augen halb verschlossen, seinen Peinigern verzeihend, so als würde er in seinem Schmerz noch lächeln und sagen: Trotzdem liebe ich euch! Euch, die mich ans Kreuz geschlagen, die mich gegeißelt, gepeinigt und gekreuzigt haben.

Andreas schaute bekümmert zu Adolf.

„Aber nie, nie sprach er mit mir. Sein stummes Leid überwältigte mich manchmal und ich weinte über die Erde und die Menschen, über ihn, den sein Vater den Menschen ausgeliefert hatte. Ich war dem Sohn näher als dem Vater, obwohl ich beiden die Treue hielt. Ich habe viele schöne Marienstatuen im Laufe meines Lebens geschnitzt und doch sagten die Leute, den Christus, den habe ich ganz wunderbar geschnitzt, so leidend, dass sie weinen müssten, die Mutter Gottes dagegen habe ein so hartes, gar nicht gütiges Gesicht, kein edles Leiden spiegle sich darauf. Diese Menschen haben nie um ein Kind gelitten, denn solcher Schmerz macht hilflos und hart. Aber jetzt werde ich bald sterben, ich spüre es. Als ich den hier geschnitzt habe", dabei nahm er einen ellenlangen Gekreuzigten vom Tisch und betrachtete ihn von allen Seiten, „hat er es mir gesagt."

„Was hat er dir gesagt? Kann er denn sprechen? Du hast doch gesagt, keiner der vielen, die du je gemacht hast, hat je ein Wort zu dir gesprochen."

„Ja, das habe ich gesagt und das war auch bis heute so. Aber heute, als ich ihm seine Lippen schnitt, murmelte er etwas."

„Was murmelte er?"

„Er murmelte eher so in sich hinein."

„Was murmelte er so in sich hinein?", bohrte Adolf weiter.

„Nun schau mal, ich höre schon etwas schlecht und der hier ist ein kleiner Herrgott, hat natürlich nicht die Stimme eines Gottes und so habe ich es eben nicht verstanden."

„Aber wie kommst du drauf, dass er gesagt hat, du wirst bald sterben?"

„Nun ich habe ihn, wie so viele vorher etwas gefragt. Und diesen Christus hier habe ich gefragt, ob nun die Zeit endlich da wäre, mich hier von Erden abzuberufen?"

„Aber er hat doch nichts gesagt, nur etwas gemurmelt", widersprach Adolf. Es war mehr eine Feststellung als eine Frage. Der Herrgott konnte ihm doch nicht einfach so Andreas wegnehmen, wie schon die Mutter und den Franzi. Warum will Gott schon wieder einen Menschen, den er liebte, wegnehmen? „Nein, ich habe ihn nicht wirklich verstanden, aber das ganze Leben sprach keiner zu mir. Er ist der Erste. Also wird es so weit sein. Wahrscheinlich findet er, dass ich nicht mehr würdig bin, ihn zu formen. Meine Hände zittern schon, meine Augen sind halb blind trotz der Brille und jeder Handgriff ist mir Anstrengung." Adolf versuchte es noch einmal. Er konnte sich nicht vorstellen, dass Andreas nicht mehr da wäre, die kleine ruhige Stube, die ihm so viel Geborgenheit gab, wenn es draußen kalt war. Dieses beruhigende Schneiden und Schaben, all die vertrauten Geräusche bei den Vorarbeiten mit dem Eisen, wenn Andreas eine Figur aus Holz schlug.

„Aber", sagte er trotzig, wohl mehr um den Kloß in seiner Kehle, der scheinbar immer größer wurde, zurückzudrängen, „aber dieser Herrgott ist doch wunderschön! Wie kannst du blind sein? Wie können deine Hände zittern? Einen Schöneren hast du noch nie geschnitzt." Er schöpfte wieder Hoffnung, denn dieser Christus war wirklich wunderschön, dieses milde, leidvolle Antlitz mit den gebrochenen Augen, die Adern, die lebensecht aus den Händen traten voll Leid und Schmerz, voll Hingabe und Selbstaufopferung. „Doch, der Letzte dort oben ist verstümmelt. Der hat auf der rechten Hand nur drei Finger, ich zitterte zu viel, beim Nachputzen schnitt ich ihm zwei weg. Das Gesicht ist nur ein Gesicht und sonst nichts, nichts Göttliches, nur mehr ein Gesicht. Und der hier, da hast du Recht, der ist wunderschön. Es war als hätte jemand meine Hände begleitet, sie geführt und dafür denke ich, dass es der Letzte sein wird hier, den ich schnitze. Weißt du was, ich werde ihn nicht auf ein kleines Kreuz nageln, nein, auf ein großes, so wie sie auf den Gräbern stehen. Einen Grabstein wird mir ja niemand aufstellen." Er sagte es ohne Bitterkeit. „Dich möchte ich um etwas bitten. Du bist mein Freund und Ministrant und du trägst das Kreuz voran. Sie werden mich dort eingraben, wo alle liegen, die hier gewohnt haben. Dass auf meinem Grab kein Stein stehen wird, fällt also nicht auf, aber es wird das schönste Kreuz sein, das dort steht. Mein Name hat drauf nichts verloren, denn bis das Holzkreuz vermodert ist, weiß sowieso niemand mehr, wer ich war. Und mit ihm", er deutet auf den Korpus, „habe ich ausgemacht, dass er mich nicht aufwecken soll am Jüngsten Tag. Weißt du, ich bin müde vom Leben, so müde. Ich habe Frauen und Müttern, Kindern und manchen Vätern die Nachricht vom Tode gebracht, dem Tod des Mannes, des Sohnes, des Vaters. Jedes Mal starb wieder auch mein Sohn. Jedes Mal, wenn ich so einen Brief, er war braun mit einem Stempel der Heeresdienststelle versehen, unter meiner Post hatte, steckte ich ihn in meine Brusttasche. Die Leute schreiben im Krieg nicht so viele Briefe. So kam größtenteils nur Feldpost. Immer war Angst in den Blicken der Frauen und Mütter, ob der Brief braun oder grau war, ob der Angehörige noch lebt oder nicht mehr. Ich kannte jeden Gefallenen hier im Dorf. Es waren viele Briefe, die ich als Todesbote bringen musste. Aus vielen Häusern waren mehrere Männer eingerückt, oft Vater und Söhne. Welcher, schrie manche Mutter, welcher, welcher ist es? Welchen hat man mir genommen? Den Mann, das Kind, welches Kind? Ich sage dir Adolf, es war schlimm, wenn ich durch den Wald ging, entweder hatte ich die Todesbotschaft schon überbracht oder ich trug sie noch in meiner Brust. Dann schlug ich schreiend die Bäume, ich knüppelte sie, ich zerkratzte ihre Rinde, ich trat sie mit den Füßen. Sie schienen mich zu höhnen, als würden sie sagen, auch uns fällt der Mensch, wenn es ihm gefällt. Sie schnitten Grimassen, sie lachten, sie verhöhnten mich, ihre Stämme wurden Fratzen, ihre Äste wogten und bogen sich wie Nattern, die sich umschlangen, als riefen sie: ‚Geh hinaus aus unserem Wald!' Und dann schlich ich durch den Wald, ich wollte seinen Frieden nicht stören.

In einem Haus war der einzige Sohn an der Front. Einen Feldpostbrief hatte ich und einen vom Heereskommando. Gespannt erwartete mich das Ehepaar, das schon wochenlang keine Post von ihrem Sohn erhalten hatte. Er war in Orel, wo schwere Kämpfe und Schlachten tobten. Die Leute waren alt, das Kind hatten sie sehr spät bekommen. Die Blicke der Frau kann ich bis heute nicht vergessen. Umständlich suchte ich den Feldpostbrief aus der Tasche. Auf meinem Herzen brannte der andere.

,Er lebt, er lebt!', schrie sie. Mit fiebrigen Fingern riss sie ihn auf, schrie immer wieder: ,Er lebt! Er lebt! Johann, er lebt!'

Wie alt das Schreiben schon war, hatte sie nicht gesehen. Sie las laut: ,Wir sind sehr kampfstark und mir geht es gut, alles bestens.' Ein guter Sohn war er, seinen Eltern wollte er keine Sorgen machen. Dabei lag er im Kessel. Diese Post war noch ausgeflogen worden."

„Die Feldpost war dann irgendwo liegen geblieben und so kam es, dass beide Briefe gleichzeitig kamen, das Lebenszeichen und die Todesnachricht. Als die Frau fertig gelesen hatte, warf sie sich jubelnd um meinen Hals. ,Unser Glücksengel!', rief sie immer wieder und küsste mich alten Mann auf meine beiden unrasierten Wangen, während ihr Mann, sich immer wieder schnäuzend, den Brief las. Ob ich wollte oder nicht, ich musste mit ins Haus, bekam Geselchtes aus der Selchkammer, den besten Most aus dem Keller. Ich würgte alles hinunter, schmeckte nicht das gute Fleisch, das Aroma des Mostes, ich wusste nur, dass ich schnell weg musste, weit weg, weg aus diesem Haus, weg aus diesem Dorf, am besten weg aus diesem Land.

Ich kam zurück in den Wald, ich zerschnitt tobend die Rinden der Bäume, verzweifelt stach ich auf sie ein, bis die Klinge brach und im Stamme steckenblieb. Erst dann kam ich zu mir. Am nächsten Tag erwartete mich niemand wie sonst vor dem Haus. Durch die offene Tür hörte ich geschäftiges Treiben, das Klappern von Geschirr. So schnell hatten sie wohl keine Post erwartet. Die Frau erschien in der Tür, die Bluse aufgestrickt, trotz des kalten Herbsttages. Sie war guter Dinge. Einen Augenblick erschien sie unsicher, doch mein hervorgewürgtes Lächeln beruhigte sie schnell wieder.

„Komm herein Andreas, gestern hast du fast nichts gegessen und getrunken!"

„Heute habe ich viel Post", sagte ich und ging rasch weiter.

Im Wald wurde ich bösartig, versuchte die Bäume niederzuringen und sie antworteten nur hohnlachend, während ich mich keuchend und schreiend gegen sie stemmte. Erschöpft sank ich nieder. Sie hatten aufgehört zu höhnen. Im Wipfel rauschte es anhaltend, als könnten auch sie sich nicht beruhigen und wieder schlich ich aus dem Wald.

Am nächsten Tag hatte ich wieder einen Feldpostbrief zuzustellen. Aus diesem Haus waren drei Söhne an der Front. Vor drei Monaten hatte ich bereits einen zugestellt. Karl war gefallen. Nun gab es nur noch Adolf und Ferdinand. Die Frau wohnte alleine, ihr Mann war schon vor dem Krieg gestorben. Ich wusste nicht, welcher es dieses Mal war. Ich trug nun schon zwei dieser Briefe an meiner Brust. Zwei, verstehst du? Zwei Todesnachrichten lagen eng an meinem Herzen. Als ich den Brief ausgehändigt bekam und die Adresse las, starb mein Sohn wieder in mir. Sollte es diesmal Ferdinand sein? Der war genauso alt wie mein Sohn, wäre er am Leben geblieben. Tausende Gedanken schossen durch meinen Kopf. Vielleicht haben sie sich im Himmel schon getroffen? Absurd! Mein altes Messer hatte ich gestern ruiniert. Ich steckte ein Neues ein. Es war noch viel größer und stärker. Der Gefallene war Ferdinand. Ich lief in den Wald, ich peitschte die Bäume, ich prügelte sie. Ihr Dämonen! Habt ihr die Mutter gesehen, die weinend davonlief? Und ihr steht da, als ginge euch dieser Schmerz nichts an! Ich ging auf eine mächtige Fichte los. Ich hätte sie mit beiden Händen nicht umspannen können, so stark war sie. Hektisch entblößte ich ihre Rinde und stach und schnitt und schnitt und stach und brüllte und weinte. Das Gestochene und Geschnittene schien plötzlich Konturen anzunehmen. Langsam schnitt ich die vorgegebenen Kerben mal tiefer, mal flacher. Plötzlich war es ein Gesicht, zerfurcht von Gram und Leid, zerschlagen, eine einzige Wunde. Ich wurde ruhiger.

Auch an diesem Tag hatte ich die Todesnachricht den alten Leuten nicht gebracht. Am nächsten Tag ging ich durch den Wald zu meinem Baum. Vorsichtig schnitt ich mit dem kleinen mitgebrachten Messer einfach weiter. Ich arbeitete Stunde um Stunde, vergaß, dass ich noch Briefe zuzustellen hatte. Irgendjemand führte damals meine Hand. Ich hatte noch nie einen Kopf gezeichnet, geschweige denn geschnitzt. Ein Wunderwerk. Ungläubig strich ich mit meinen Fingern über das Relief, über die nach oben gekreuzigten Hände, die Dornenkrone, den Brustkorb, über die Lenden und die gekreuzigten Beine. Christus geschunden, gekreuzigt und gedemütigt, so hing er jetzt im Wald und sagte: ‚Geh zu ihnen!'

Die Dunkelheit fiel rasch ein. Einige hundert Meter weiter lag das Haus. Niemand erwartete mich. Es war zu spät dazu. Ich klopfte an und trat zugleich ein. Die Frau stand am Herd, der Mann saß lesend am Tisch. Überrascht sahen mich beide an. Ich stand da, ohne zu grüßen. Beide schauten mich an und dann sich gegenseitig. Ich nickte. Mechanisch legte ich den Brief auf den Tisch. Er blieb unbeachtet. Die Botschaft klar. Sie setzte sich zu ihrem Mann. Ich nickte und ließ die zwei Menschen in ihrer Verzweiflung allein, floh in den Wald zu meinem aus dem Baum geschnittenen Christus. Die letzten Sonnenstrahlen fielen durch das Gehölz, schräg auf den Korpus, auf das gesenkte Antlitz, welches die Züge des Herrn trug. Seit ich den ersten Christus in den Baum geschnitten hatte, wurde der Wald ruhiger. Und jedes Mal, wenn ich wieder eine Todesbotschaft überbracht hatte, schnitt ich voller Hass einen neuen Korpus in das Holz. Die Bäume ächzten und aus den Kronen fielen dicke Tränen herab. Es waren viele Bäume, welche das Antlitz des Gekreuzigten trugen, bis die Front uns überrollte und die Geschosse der Russen den Wald umpflügten, wobei die taumelnden Bäume mit ihren Christusköpfen unter den Granaten zersplitterten und schließlich in Flammen aufgingen. So wie damals der Erste zu mir gesagt hatte: ‚Geh zu ihnen!', so hat dieser heute zu mir gesagt: ‚Komm!' Ich bin so müde vom ganzen Leben. Es ist schon der Himmel, wenn man diesem Leben entrinnen kann, keine Briefe mit Todesnachrichten mehr austragen muss. Weißt du Adolf, was du mir versprochen hast? Schau, das Kreuz ist fertig. Du brauchst es nur zu nehmen und den Trauerflor anbinden."

Und Adolf trug das Kreuz voran, aber mit dem Gesicht zum Sarg und er glaubte in seinem kindlichen Herzen, dass Gott Andreas doch eines Tages aufwecken würde, auch wenn dieser das nicht wollte. Er glaubte nicht, dass man auf so einen Freund verzichten könne.

Die schwarze Florschleife wehte leicht im Wind. Der schöne Christus blickte vom Kreuz auf ein paar alte Männer, auf den mit silbrigen Papierdekorationen benagelten Sarg, auf den dicken schwitzenden Priester, der sich immer wieder die Stirn mit einem schwarzgeränderten Taschentuch abtupfte, auf die zwei Ministranten, die lustlos und gar nicht andächtig nebenher trotteten. Dahinter gingen schwarz gekleidete, den Rosenkranz betende Frauen. Wie vielen von ihnen mochte Andreas wohl eine Todesnachricht zugestellt haben? Gedämpftes monotones Beten drang an Adolfs Ohr, das Anrufen Marias und ihre Verklärung. In einigem Abstand hinter den Frauen ging Rosa, eine einsame Frau mit wirrem Haar und über der Brust verschränkten Armen, Unverständliches vor sich hinmurmelnd. Ihre nackten Füße steckten in schwarzen Gummistiefeln, ihr Rock war zerdrückt und schmutzig. Sie war auf der Suche nach ihrem Mann und ihren Söhnen. Christus schaute über alle hinweg zu, als wolle er sagen: ‚Tröste dich meine Schwester, Gottes Wege sind unerforschlich!' Aber ihre flackernden Augen verkannten wohl, was hier vorging. Rosa ging auf jedes Begräbnis. Sie meinte, sie trüge ihren Mann oder einen ihrer Söhne zu Grabe.

Das Requirierungskommando sah damals keinen Anlass, nicht auch den letzten der sechs Söhne zu den Waffen zu rufen. Er hatte das wehrfähige Alter erreicht. Ihr Mann und fünf Söhne waren bereits gefallen beziehungsweise vermisst. Früh am Morgen kam die Militärpolizei, auch Kettenhunde genannt, mit einem Schäferhund. Hinter den Fenstern der Nachbarn starrte mancher mitleidigen Auges auf die sich abspielende Tragödie. Rosa stand mit verschränkten Armen und wirrem Haar vor der Haustür, während die Kettenhunde mithilfe des Hundes jeden Winkel des Hauses absuchten. Sie ließen den Hund am Gewand im Kasten riechen. Irgendetwas fand er und nahm winselnd die Spur auf. Rosa ging mit verschränkten Armen hinterher. Der Hund zog sie zum Stall eines leer stehenden Hauses, das abseits vom Dorfe stand, dort sprang er winselnd und kläffend an das verschlossene Stalltor. Dort fanden sie den Sohn mit schweren Ketten an den Futtertrog angekettet, schmutzig und verwahrlost. Sie nahmen beide mit. Irgendwann nach Kriegsende kam Rosa wieder zurück. Man gab ihr eine Kuh, eine requirierte. Mechanisch bearbeitete sie das kleine Stückchen Feld, das ihr eigen war, und ging tagtäglich mit einer Kanne Milch zum Stall des leer stehenden Hauses, von welchem nur mehr die Grundmauern standen. Nachdem sie ihren Sohn dort nicht gefunden hatte, ging sie mit der Kanne Milch vor sich hinschimpfend wieder nachhause. Seitdem sucht sie ihn im ganzen Dorf in den Ställen, in den Scheunen, immer etwas vor sich hinmurmelnd.

Der Senator saß wie so oft an seinem Schreibtisch, seine Arbeiten erledigend. Der herbstliche Tag blickte durch die Fensterscheiben. Die Washington-Post lag noch zusammengefaltet auf seinem Schreibtisch. ‚Immer mehr Selbstmörder von Vietnamveteranen' stand in großen Lettern auf der ersten Seite. Sein Blick verfing sich darin. Er nahm die Zeitung zur Hand und las einen Artikel über die Heimgekehrten aus dem Vietnamkrieg, die mit ihrem Leben nicht mehr fertig wurden und den Freitod wählten. Die Ursachen seien psychisch unheilbare Wunden, die ihnen der Krieg zugefügt hatte und Krüppel, die mit ihrer Behinderung nicht leben konnten. Und wiederum tauchte er in die Vergangenheit ein – in seine Vergangenheit.

Die Sonne war wohl erst kurz von dem Aufgehen, dennoch lag das Morgengrauen über dem erwachenden Dorf, welches vorzeitig aus seiner Ruhe gerissen wurde. Allgemeine und sichtbare Hektik vermischte sich mit dem Hahnenschrei in diesen frühen Morgenstunden. Hastende Schritte, schwere Stiefel, schlürfende Füße auf den lehmig schottrigen Straßen, halblaute, erregte, fragende Stimmen.

Adolf erwachte aus seinem Traum, wieder ward ein Zug ungarischer Juden vor dem Haus vorbeigetrieben, schlürfend schwer, ansonsten aber lautlos. Dieses Mal sprachen sie, klagten, redeten. Für Adolf überraschend, denn damals schrien nur die Bewacher, die die Juden die lange Straße entlang trieben, bis zum großen Kreuz am Ende der Straße. Dort verließen sie das Dorf auf einem kleinen Feldweg, der sich dem Verlauf der Strem anpasste. Er führte durch die Felder Richtung Norden.

War alles kein Traum? Adolf erschrak, suchte die Großmutter, welche seit Mutters Tod neben ihm im Bett schlief. Sie war nicht da. Derweil mehrten sich die Stimmen der vorbei eilenden Menschen auf der Straße. Er erkannte die laute Stimme einer alten Bäuerin, die als Klatschbase bekannt war. Sie war infolge ihres Gichtleidens in ihren Bewegungen zwar behindert, aber ihre Zunge war dafür, wie Großmutter einmal sagte, in emsiger Bewegung, um wohl die lahmen Beine und gichtigen Finger auszugleichen. Adolf sprang aus dem Bett und schob vorsichtig die Lamellen der Jalousien einen kleinen Spalt nach oben, um nach draußen zu spähen. Im Halblicht des anbrechenden Morgens sah er nur die dunklen Silhouetten der vorbei eilenden Menschen. Er erkannte die Menschen eher an ihren Stimmen, als an ihrem Äußeren. Alle eilten sie nordwärts, wie damals die Juden. Das bedeutete nichts Gutes. Obwohl Sommer war, fröstelte es Adolf. Dass Großmutter nicht im Haus war, beunruhigte ihn gleichermaßen. Meistens, wenn er aufwachte, war er allein im Bett. Großmutter werkte schon in der Küche oder im Garten. Doch heute war alles still. Rasch kleidete er sich an und lief die Straße hinauf, vorbei an den Menschen, die teils einzeln, teils in kleinen Grüppchen unterwegs waren. Schon von Weitem hörte er monotones Gemurmel, von einer einzelnen Stimme unterbrochen. Das klang nach Gebeten. Inzwischen war er nahe genug an die große Menschenmenge herangekommen, die rings um das Kreuz stand. Ein neues Kreuz, das jemand aufgestellt hatte, aus Dankbarkeit über seine Heimkehr. Ein erster Sonnenstrahl fiel auf das erhöht stehende Kreuz, an dem eine seltsam verkrümmte Gestalt hing. Adolf schlängelte sich durch die im Kreis stehenden Frauen und Männer bis in die vorderste Reihe. Am Kreuz hing ein schmächtiger Mann mit nur einem Bein, das unterhalb des Knies amputiert war. Um die Lenden war ein weißes Tuch gewickelt, auf dem Kopf trug er eine Krone aus verrostetem Stacheldraht, wie er überall in den verlassenen Stellungen herumlag. Die Krone war tief in die Stirn gedrückt und verursachte blutende Wunden. Starre, offene Augen schauten aus einem zur Seite geneigten Kopf. Am Kreuz hing ein mit Narben übersäter Körper, dessen seelische Wunden jedoch unsichtbar waren. Ein kleines Mädchen trat plötzlich neben ihn hin, es war so alt wie Adolf, barfuß, ungekämmt und kaum angezogen. Auch es war wie Adolf durch den Lärm auf der Straße geweckt worden. Anna schlief nächtens immer mit ihrer Mutter, diese jedoch verließ sie nach dem Einschlafen, um die Nacht bei ihrem Freund zu verbringen. Ihr Mann schlief allein, aufgrund seiner seelischen Krankheit hatte sie ihn mit Tabletten ruhiggestellt.

Anna berührte zaghaft ihres Vaters Beinstummel, so als wolle sie sagen: ‚Vater, ich bin hier!‘ Doch jener hing bewegungslos an dem aus dicken Holzpfosten gezimmerten Kreuz. Plötzlich dachte Adolf an seine Mutter, wie sie damals dalag, friedlich gelöst und wie ein Engel und wie er geschrien hatte, sie unbedingt wieder aufwecken wollte. Das Gesicht von Annas Vater dagegen war schmerzverzerrt und sah mit offenen Augen auf die Betenden. Das Mädchen sprach nun tatsächlich mit ihrem Vater. Ihr geliebter Vater hatte sie verlassen. Ein Neuankömmling, offensichtlich ein Kriegskamerad des Erhängten, drängelte sich durch die betende Menge und überschrie die Betenden: „Warum nimmt ihn keiner ab? Warum nicht?", brüllte er und ergriff den leblosen Körper. In jenem war schon die Totenstarre eingetreten, sodass der Körper steif und starr an dem Strick hing. Der Mann hob den Gehängten ein Stück in die Höhe und versuchte, die Schlinge abzunehmen. Das Gebet erstarb. Ein zweiter und ein dritter Mann halfen ihm, während ein anderer sagte, man müsse vorher den Arzt und die Gendarmerie abwarten. „Einen Dreck werden wir!", schrie der Angesprochene und nahm den Toten vom Kreuze ab. Mit unendlicher Vorsicht bettete er ihn ins Gras vor dem Kreuze. Bevor er dessen Kopf ins Gras legte, nahm er vorsichtig die Stacheldrahtkrone ab und bettete dessen Kopf auf seinen Hut. Dann drehte er sich um. „Wo ist die Hure, diese gottverdammte Hure?", schrie er. „Betet für sie, betet für sie, denn ich werde sie umbringen, samt dem, in dessen Bett sie gerade liegt. Sie hat meinen Bruder auf dem Gewissen!" Adolf erschrak, Ignaz hieß der Mann, er war erst vor drei Tagen aus der Gefangenschaft zurückgekehrt und der Erhängte war sein jüngerer Bruder.

Durch das Klopfen an der Tür wurde der Senator aus seinen Träumereien gerissen. Es war Betty, die Hausdame, welche ihm, wenn er zuhause war, den Fünfuhrtee brachte. Während er den Tee schlürfte, las er weiter in der Zeitung und fand, dass sich in der Welt eigentlich nicht viel geändert hatte. Die Washington-Post berichtete heute von einem Flüchtling, der an der innerdeutschen Grenze von Grenzsoldaten der DDR erschossen worden war. Ein Zweiter, dem es gelang, den Eisernen Vorhang zu überwinden, schilderte ausführlich die Flucht mit all ihren Vorbereitungen und wie er, trotz dass er angeschossen wurde, die Grenze überwand.

Mittlerweile war die Nacht hereingebrochen und eine schmale Mondsichel schaute kraftlos durch das Geäst eines kahlen Baumes, von ein paar über den Himmel jagenden Wolken in seiner kärglichen Leuchtkraft gestört. Der flüchtige Blick auf den Mond zog den Senator mit immenser Kraft aus der Wirklichkeit.

Adolf hatte seit einiger Zeit das Gefühl, dass etwas zwischen ihm und seiner Großmutter stand. Nicht dass Großmutter weniger fürsorglich gewesen wäre, nein, im Gegenteil. Sie streichelte ihm so zärtlich über seinen Kopf, drückte ihm einen Kuss auf die Stirn, dabei seufzte sie so tief, dass er erstaunt aufblickte und sie fragend ansah. Außerdem hatte er den Verdacht, dass Großmutter den Briefen an seine Tante etwas hinzufügte, von dem er nichts wusste. Immer wenn ein Brief aus Amerika zurückkam, wusste seine Tante bereits Dinge, über die seine Großmutter doch gar nichts geschrieben hatte. Außerdem wurden die dicht durchgestrichenen Stellen des zensierten Briefes immer mehr. Eines Tages tauchte ein unbekannter Mann bei Großmutter auf und Adolf, der eigentlich keinerlei Geheimnisse vor seiner Großmutter hatte, wurde plötzlich aus dem Haus geschickt. Er war sehr beleidigt gewesen. Was das solle, hatte er seine Großmutter gefragt, als der Mann wieder gegangen war. Großmutter hatte ein verweintes Gesicht und wischte sich immer wieder eine nachrollende Träne mit dem Handrücken ab, während sie kochend am Herd stand. Was wollte der von uns? Doch Großmutter schüttelte nur den Kopf, gerade so, als würde sie etwas sehr Unangenehmes, ja sogar Böses abschütteln. Am selben Abend, nachdem sie gegessen hatten, nahm sie ihn auf ihren Schoß. Das Feuer im Ofen flackerte durch das Ofentürl, welches mit Luftlöchern versehen war. Sie streichelte zärtlich über seinen Kopf, bevor sie unvermittelt in das Flackern der Flamme hinein sagte: „Weißt du, deine Tante schrieb uns, wir sollten nach Amerika kommen." Adolf sagte gar nichts dazu. Dann fing die Großmutter an, Amerika von seinen schönsten Seiten zu schildern. Adolf hörte nur zu und sagte kein Wort. Großmutter sagte, wie schön sie es beide in Amerika haben würden.

„Und Vater?", fiel er ihr ins Wort.

„Ja, ja", lenkte sie ein, „auch Vater."

„Aber werden die Amerikaner Vater auch wollen, er hat zwar gegen die Russen gekämpft, aber waren nicht auch die Amerikaner unsere Feinde?" Er dachte an die abgeschossenen Flugzeuge und wie man die aus den abgeschossenen Flugzeugen abgesprungenen Soldaten durch das Dorf getrieben hatte.

„Aber nein", sagte sie, „die Russen und die Amerikaner sind doch jetzt Feinde und wir werden jetzt ein Verbündeter Amerikas."

Aber Adolf ließ nicht locker: „Und soll die Mutter dann allein auf dem Friedhof zurückbleiben und auch Siegfried, Franz und Andreas?"

Aber dazu schwieg Großmutter. So saßen sie beide still vor dem wärmespendenden Ofen. Plötzlich fing Großmutter zu weinen an.

„Vater würde, wenn er vom Krieg käme, dann nachkommen."

„Nein!", sagte Adolf darauf, „Nein, nein, nein! Wir können Mutter nicht alleine hierlassen und wer weiß, ob uns Vater in Amerika finden würde." Großmutter öffnete darauf das Ofentürl, legte frisches Holz nach, obwohl noch Holz auf der Feuerstelle lag. Deshalb war der fremde Mann heute hier, denn in den Briefen der Tante stand nichts davon. Adolf pfiff durch die Zähne, er versuchte es zumindest, wie der große Grünauer immer durch die Zähne pfiff. Tröstend legte Adolf den Arm um die Großmutter, wischte ihr die Tränen von den Wangen und küsste sie darauf.

„Ach wie schön könnten wir es in Amerika haben", seufzte sie, „sollten wir nicht doch? Ich würde auch auf Vater warten", sagte sie, „ich allein", ohne den Satz fertig auszusprechen. „Weißt du, die Tante ist auch so ganz allein."

„Aber sie hat doch den Onkel", erwiderte er darauf.

„Das schon, aber sie hat doch keine Kinder", gab sie zu bedenken. „Nein? Und warum hat sie keine Kinder?" Darauf wusste die Großmutter keine Antwort. Und so schwiegen sie in das Feuer hinein.

Nach einer Weile sagte Adolf: „Glaubst du, dass Vater noch kommt?"

Sie sah ihn überrascht an: „Warum sollte er nicht?" Er spürte die Unsicherheit in ihrer Stimme.

„Weil so viele, die als vermisst galten, gefallen sind."

„Wer sagt das?" Und Adolf zählte ihr die Gefallenen auf, die anfangs als vermisst galten.

„Aber doch nicht Vater!"

„Nein, Vater noch nicht", er fing an zu weinen und warf sich an ihre Brust, weinte und weinte, während sie mit der Hand über das blonde borstige Haar strich. So verschlief er dann und vorsichtig legte sie ihn ins Bett, deckte ihn zu und schlug ein Kreuz über ihm.

Eines Nachts, als der Hahn noch schlief, klopfte es leise an die Tür. Großmutter hatte das Klopfen bereits erwartet. Sie sperrte leise das Schloss auf und entfernte den Riegel von der Tür. Es war die Kräuternannerl, eine arme Witwe aus dem Ersten Weltkrieg, die auch Kräuterhexe genannt wurde, obwohl sie den Menschen mit ihren Kräutern und Rezepten nur Gutes tat. Derzeit verdiente sie ihr Auskommen als Schmugglerin, indem sie allerlei Dinge, die es in der russischen Besatzungszone nicht gab, von der englischen Besatzungszone herüberschmuggelte. Sie war von Großmutter dazu ausersehen, Adolf über die nahe Grenze zu schmuggeln, es war bereits alles vorbereitet. Am Abend hatte Adolf verschlafen, lag angezogen im Bett, der kleine Rucksack mit seinen paar Habseligkeiten war gepackt. Großmutter nahm den schlafenden Buben auf den Arm, die Kräuternannerl den kleinen Rucksack zu dem ihren dazu. Nachdem die Großmutter die Tür versperrt hatte, empfing sie eine windige Nacht mit jagenden Wolken am Himmel, welche der Mond mit seinem Licht durchbrach. Ein Hund kläffte, ein Zweiter fiel ein. Der Erste verstummte wieder, dann hörte auch der

Zweite auf. Der Wind pfiff durch das blattlose Gehölz der Bäume, brach sich an den Wänden der Häuser. Es war ihm kein Widerstand geboten, sodass die zwei Frauen Mühe hatten, sich ihm entgegenzustellen. „Eine gute Nacht", flüsterte die Kräuternannerl dem Wind entgegen, „eine gute Nacht, alles wird gut gehen." Die Ruinen waren gesäumt von verbrannten leblosen Bäumen, neben ärmlichen Stuben, in denen sich Menschen, ausgelaugt von der schweren Arbeit, dem Schlaf ergaben. Frauen, die das Trauma der Vergewaltigungen der Soldadeska in wüsten Träumen wieder erlebten, die immer noch auf der Flucht, von jenen Verfolgern gehetzt, schweißgebadet und schreiend erwachten, die zusammengekauert in einer Ecke des Bettes die Gegenwart von der Vergangenheit nicht zu unterscheiden wussten. Oder die dem Tod entronnenen Krüppel, die sich in ihren Betten wälzten. Sie träumten von Granaten, die heulend ihre Bahn zogen, deren Splitter ihre Körper zerfetzten. Beim Erwachen stellten sie jedes Mal mit Erstaunen fest, dass ein Körperteil fehlte. Aber sie lebten. Oder die Mütter von schlitzäugigen Kindern, deren Männer vermisst, oder in Gefangenschaft waren. In fürchterlichen Träumen reichten sie dem heimgekehrten Mann ihr totes Kind zur Sühne. Diese Mütter waren ständig hin- und hergerissen zwischen Mutterliebe zu einem unschuldigen Kind und dem Hass auf ihre Vergewaltiger, die Väter der Kinder. Manch Heimkehrer fand in seinem Haus eine tote Mutter mit einem Kinde, das nicht das seine war. Das Kind ertränkt, die Mutter erhangen. So wurde manch Todesnachricht eines Soldaten zum Lebensrecht für ein Kind. In den Träumen der Frauen tötete der Heimkehrer das Kind mit seinem Bajonette. Die Frauen, in Panik erwachend, sofort nach dem Kind im Wickelpolster tastend, es leblos wähnend, mit zittriger Hand die Kerze zündend. Friedlich schlief es in seiner ganzen Unschuld und saugte schmatzend an seinem Daumen. Sie nimmt es heraus, trägt es durch die Stube. Das andere Kind im anderen Zimmer schläft fest. Soll ich es tun, für dich Hans? Ich habe deine Ehre beschmutzt, obwohl ich nichts dafür kann. Es war eine Horde von Bestien, schlitzäugiger Bestien, betrunken, wie Tiere fielen sie über mich her. Maria schrie und weinte neben mir, da fanden sie uns auf dem Heuboden, da waren wir versteckt, Maria kann es bezeugen, aber seit damals spricht sie nicht mehr, mit niemandem, nicht mit mir, nicht mit Anderen, vielleicht spricht sie mit dir. Sie hat ebenso leere Augen wie du und sie fragt ihren gefallenen Mann, den sie noch in der Stube wähnt: „Meinst du, dass von Bestien wieder nur Bestien kommen?" Und sie ertränkt das Kind im Wasserkübel, bahrt es auf, zündet eine zweite Kerze an. Maria, das kleine Mädchen kommt aus dem anderen Zimmer, wo es allein schläft durch die Tür herein. Mit großen Augen schaut sie auf ihr totes Geschwisterlein und sagt zu seiner Mutter: ‚Jetzt sind die Männer tot, Papi hat sie getötet.' Und die Frau, welche seit damals auch nicht mehr so richtig im Kopf, bejaht es und beide gehen wieder schlafen. Am frühen Morgen tragen sie das tote Kind zum Friedhof, die Frau mit dem toten Kind voran, das kleine Mädchen geht mit gefalteten Händen hintan, gleichmäßig und ruhig, ihre Augen sind leer, das tote Kind war nicht getauft, nicht registriert, es gab es nicht. Wer mochte wissen, welch heidnischen Glauben der Vater oder die Väter hatten. Sie verscharrten es in einer Ecke des Friedhofes. Seither schläft die Frau ruhiger, obwohl sie mit niemandem im Dorfe spricht. Das Mädchen kommt im Herbst zur Schule, das kleine Mädchen spricht wieder, wenn auch nicht viel, aber beide wissen, der Tote aus dem Kriege kann wieder ruhen, denn seine Ehre ist wieder hergestellt. Die Spuren der Untat getilgt.

Über jedes Haus wusste Adolf was, manchmal mehr als all die Anderen, er kann sehr genau beobachten, vielleicht sieht er manchmal mehr, als vorhanden.

Die schmale Mondsichel hing kraftlos über den Ruinen, sie war im Abnehmen. Schweigend gingen die zwei Frauen mit dem Jungen die Straße hinauf, ihr spärliches Licht von zeitweise lautlos gleitenden Wolken gelöscht, oben links zur Kirche und über einen Feldweg, um den Hügel zu ersteigen. Die Kräuternanny ging forsch voran, denn der Weg war schmal, sodass er die drei Wanderer nicht nebeneinander aufnehmen konnte. Vorerst war es schwer, sich an die Dunkelheit zu gewöhnen, doch die alte Frau schien mehr dem Instinkt zu folgen, als ihren Augen. Sie kannte die Route, schmuggelte sie doch so manches Kilo Salz, so manches Kilo Zucker, so manche Stange Zigaretten und manches Paar Schuhe vom britischen Besatzungsgebiet in die russische Zone. Großmutter hielt Adolf fest an der Hand, sie zog ihn mehr als er ging, er trottete, wenn es der Platz erlaubte, einmal neben ihr, einmal hinter ihr. Er weinte leise vor sich hin.

„Großmutter", flüsterte er, „warum muss ich hier weg, so vielen Menschen geht es doch auch nicht besser als uns, ich will nicht, lass mich bei dir bleiben oder komme mit mir, warum kannst du nicht mitgehen?"

„Ich warte doch nur auf deinen Vater, dann kommen wir beide", flüsterte sie zurück.

„Ich könnte mit dir warten, irgendwann muss er doch kommen, warum lässt er sich so Zeit? Gestern kam der Schmaldienst zurück und von dem hat man auch lange nichts gehört wie bei Vater."

Er ging jetzt neben ihr. Die Katl schritt rüstig voran, das Kräuterweibl, nannte man sie auch noch im Dorf. „Höre Großmutter", flüsterte er weiter, während er ganz eng neben ihr ging, „die Russen, unsere Feinde, sind Menschen wie du und ich. Der eine, der sich über mich warf, als die Granate kam und ihn zerriss, er hat mir das Leben gerettet, sonst wäre ich tot, aber ich müsste nicht mehr flüchten, ich würde neben Franzl und Siegfried liegen tot. Wärest du traurig gewesen?" Jetzt weinte die Großmutter. „Ich bin ihm Dank schuldig. Das Foto seines Sohnes habe ich mitgenommen. Vielleicht hat mein Vater einem russischen Kind auch das Leben gerettet, dann hätte er meine Schuld beglichen." Mittlerweile hatten sie die Höhe des Hügels erreicht und schickten sich an, den Hügel hinunterzusteigen. Man merkte der alten Katharina an, dass sie jede Biegung, jede Baumwurzel kannte und die beiden leise darauf aufmerksam machte.

„In Amerika werden sie sagen, wir haben ihre Flugzeuge abgeschossen und die Männer, die aus Todesangst aus den brennenden Flugzeugen sprangen, erschossen."

Aber die Großmutter darauf: „Aber die waren doch schon tot."

„Auch der, der mit dem ungeöffneten Fallschirm absprang und auf dem Boden zerschmettert wurde?"

„Auch der", sagte die Großmutter. „Sei nun ruhig." Ihr machte die Anstrengung zu schaffen, denn sie schnaufte und keuchte verhalten vor sich hin.

„Kehren wir um", bedrängte Adolf die Großmutter immer wieder und zerrte an ihrer Hand.

„Los, los, wir werden pünktlich erwartet!" Die ungeduldige, aber verhaltene Stimme der Vorangehenden drängte zum Weitergehen. Adolf riss sich von Großmutters Hand los, setzte sich nieder und weinte fast laut: „Ich will nicht, ich will nicht nach Amerika. Wer wird ministrieren? Wer wird auf Siegfrieds und Franzls Grab Blumen legen? Und Mutter? Du kannst gar nicht nachkommen. Wir können Mutter nicht allein lassen."

Die alte Schmugglerin wurde ungeduldig, Großmutter zog Adolf mit viel Mühe hoch, nahm ihn auf den Arm. Er umklammerte ihren Hals. „Bitte, bitte, kehren wir um, warten wir zusammen auf Vater."

Obwohl fast kein Mondlicht, hatten sich die Augen an die Dunkelheit gewöhnt. Der Morgenstern stand, wenn ihn nicht gerade vorübergehende Wolken löschten, die Richtung vorgebend am Himmel. Den ersten Hügel hatten sie hinter sich, nun bestiegen sie auf einem Waldweg den zweiten. Adolf schlief auf Großmutters Armen ein.

„Warte", sagte sie zu der unbeirrbar Weitergehenden, die einen Korb mit Schmalz und Fleisch auf dem Rücken trug.

„Ich muss etwas rasten." Die Schmugglerin nahm ihr wortlos das schlafende Kind ab und schritt, ohne ein Wort zu verlieren, den steil aufwärtssteigenden Weg hinan, obwohl sie nicht viel jünger als die Großmutter war. Diese atmete einige Male tief durch, holte die Vorangehende ein, nahm ihr das Kind wieder ab, um ihr vorwurfsvoll anzudeuten, sie hätte doch schon den schweren Korb zu tragen. Endlich erreichten sie den Kamm des zweiten Hügels. Der Abstieg ging entlang eines Waldstreifens. Mit traumwandlerischer Sicherheit schritt die Führerin den Hang hinunter.

„Bleib dicht hinter mir, dort unten ist ein Wassergraben, der führt immer Wasser." Nachdem sie diesen überquert hatten, begann der Aufstieg des nächsten Hügels. Er war waldlos und einzelne Büsche konnte man gegen den Himmel erkennen, wenn sich die Wolken verzogen und der Sterne schwaches Licht zur Erde fiel. Der Mond schien hinter einem der Hügel hinabgesunken zu sein. Die beiden Frauen drückte die Last ihrer Bürde, im stillen Einverständnis blieben sie auf halbem Hügelkamm stehen. Beide keuchten verhalten in sich hinein, als wollten sie den Schlaf des Jungen nicht stören. Zwischen diesen Hügeln war die Gefahr des

Entdecktwerdens gering. Sie kamen zu einem Hügel, der steil zur Lafnitz abfiel, und von einer Straße und deren Windungen begleitet wurde. Hier galt es, rasch die Straße zu überqueren und das nächste schützende Gebüsch des Lafnitzufers zu erreichen. Die Russen fuhren regelmäßig Kontrollen zwischen ihren Kontrollpunkten, erfassten durch die Windungen der Straße weite Teile des Geländes mit ihren Autoscheinwerfern, oder sie standen ohne Licht auf der Straße. Wenn sie irgendwas Verdächtiges bemerkten, blendeten sie plötzlich Scheinwerfer auf und fuhren mit quietschenden Rädern los, um die Gestalten zu jagen und zu stellen. Nicht selten waren es Heimkehrer, die dann so kurz vor dem Ziel von hier aus ihren Weg nach Sibirien antraten. Viele von ihnen, obwohl mit gültigen Entlassungspapieren aus britischer oder amerikanischer Gefangenschaft ausgestattet, mieden die offiziellen Grenzübergänge, zumal sie an der russischen Front eingesetzt waren. Viele gehörten der Waffen-SS an, viele waren Mitglieder der NSDAP, wiederum Andere alte Kämpfer, Blutordensträger oder hochdekorierte Soldaten. Die Frauen waren in der Talsohle zur Grenze gekommen. Großmutter löste Adolfs Arme von ihrem Hals und stellte ihn vorsichtig auf den Boden, hielt ihn noch ein Weilchen, da seine Beine immer wieder einknickten. Trotz des Mühsals war sie froh, dass er wieder verschlafen hatte. Schlaftrunken rieb er sich die Augen und willenlos ließ er sich hinter Großmutter herziehen, als sie die Straße überschritten. „Aufpassen", zischte Kati. Ein Graben, dann noch ein Stück offenes Feld, dann verschluckte sie das dichte Buschwerk. Dass man das Flussufer erreicht hatte, konnte man an dem gluckernden Wasser hören. Außerdem verströmte das Wasser die Kälte des nahen Gebirges. Als sie eine bestimmte Stelle erreicht hatten, war die Zeit noch immer fern, wo der erste Hahnenschrei die Leute wecken würde. Trotzdem hatten sie Verspätung. Erschöpft erreichten sie den Baumgürtel der Lafnitz, durch den einzelne Sturmböen die Wipfel bogen. Die Kati pfiff leise. Der Pfiff wurde vom anderen Ufer erwidert.

„Wo seid ihr so lange?", schrie es verhalten von der gegenüberliegenden Seite des Flusses. An dieser Stelle war der Fluss schmal, irgendetwas klatschte ans Ufer, ein Pfosten, eine Stange wurde nachgereicht, auf Baumästen gelegt. Adolf, welcher zitternd vor Kälte, den Vorgang interessiert mitverfolgte, sah sich unversehens von einem Mann emporgehoben und ehe er sich versah am anderen Ufer auf die Erde gestellt. „Das ist das Kind", hörte er eine raue Männerstimme sagen. „Okay", eine andere darauf. Der Mann, er hatte kraftvolle Hände, fremd und angsteinflößend und jeden Widerstand zwecklos lassend, hob ihn zu sich auf. Der Pfosten wurde zurückgeholt samt Stange. Kati schritt mit ihrem Korb auf dem Rücken, welcher oben mit einem Tuch zugebunden war, voran. „Kati", flüsterte Adolf. „Kati." Doch die Kati hörte ihn nicht. „Scht", sagte der Mann. Seine starken Arme schienen die eines Herkules zu sein, wie ein Schraubstock pressten sie ihn an dessen Körper. Adolf fing zu weinen an, zuerst leise, dann schluchzend. „Großmutter, Großmutter", stieß es ihm hervor, „wo ist Großmutter?" Mit einem Ruck blieb der Katl stehen, sodass der Mann mit ihm fast auf sie geprallt wäre. „Sei still", zischte sie, „wenn die drüben merken, dass jemand über die Grenze ist, suchen sie uns und finden Großmutter dort drüben auf mich wartend." Für Adolf starb in diesem Augenblick wieder einmal eine Welt, die in seinem Leben grausam schrecklich und nicht lebenswert erschien. Er glaubte Großmutter noch hinter sich. Großmutter wollte er nicht gefährden, er ergab sich den lautlosen Tränen, welche des Mannes Schultern netzten, auf denen er sein Gesicht begrub, den Stoff mit dem

Schmerz eines kleinen hilflosen Menschleins tränkend, welcher das Elend eines besiegten Volkes in sich trug.

Mit glücklich heimkehrenden Soldaten landete ein riesiger Truppentransporter auf dem Militärflughafen, in dessen hinterster Reihe ein kleiner deutscher Junge mit einem Sergeanten an seiner Seite saß, von den Soldaten vollgestopft mit Schokolade und Kaugummi. Sie hatten ihn zu ihrem Maskottchen erkoren, wohl in Vorfreude auf ihre eigenen Kinder, auf die sie so lange Zeit verzichten mussten. Obwohl das Flugzeug noch im Ausrollen war, bereiteten sie sich schon ungeduldig auf den Ausstieg vor, pressten ihre Gesichter an die Bullaugen, um die schon lange vermissten Familienangehörigen, Verwandten und Bekannten zu erspähen. Adolf schlief an den Sergeanten gelehnt. Er war müde vom vielen Herumreichen. Er hatte in dieser kurzen Zeit Englisch gelernt, jeder Soldat versuchte ihm ein Wort beizubringen, ein leichtes und wenn ihm ein anderer das gleiche beibringen wollte, hat er gelacht. Nur die Konkorden in Uniformen hatten ihn vorerst erschreckt. „Was bist du?", fragte er. Einer war ein Flugzeugführer, der andere Bombenabwerfer, wieder ein anderer ein Navigator. Mit der Zeichensprache konnte man viel verständlich machen. Aber als der Bombenabwerfer das pfeifende Geräusch der zur Erde stürzenden Bomben allzu realistisch noch dazu mit akustischer Untermalung darstellte, wurde der Blick bei Adolf starr. Man hatte vergessen, sein Volk war der Feind, gegen das man gekämpft hatte. Aber schnell rettete ein Anderer die Situation und vollführte einen akrobatischen Kunstflug mit seiner Maschine, was Adolf jedoch als Luftkampf wertete, als die Jäger durch das Tal rasten, himmelwärts stiegen, wie er es gesehen hatte. Der Junge erkannte, dass die Männer zum Teil jene waren, die das Tal mit ihrer todbringenden Armada entlangflogen, wo viele von ihnen nur mehr als Tote die Erde erreichten, deren Bombenlast mit ihren abstürzenden Flugzeugen eine Spur des Grauens bis zu ihrem Ziel zeichnete.

    Mittlerweile war das Flugzeug schwerfällig ausgerollt und vor dem Hangar zum Stillstand gekommen. Adolf wurde von lauter Militärmusik geweckt. Der Sergeant neben ihm, der zu seinem Überflug abkommandiert war, schnarchte weiter in sich hinein. Adolf erblickte eine große Militärkapelle mit Trompeten, Klarinetten, Trommeln und Schellen, die die heimkehrenden Helden begrüßte. Kinder mit Fähnchen winkten den Soldaten zu.

    Adolf kannte bisher nur die knochigen zerlumpten Gestalten mit ausgemergelten Leibern, die eine zerstörte Seele in sich trugen. Besiegt und gedemütigt warteten sie die Dunkelheit ab, um ungesehen ins Dorf zu gelangen. Er erfuhr oft erst nach Tagen von den Heimkehrern. Die Heimkehrer selbst sprachen nie über die Gefangenschaft und den Krieg. Zu viele offene Wunden gab es und manchmal auch Verbitterung über die Niederlage, die einige als persönliche Schmach empfanden.

Adolf wurde am Flughafen einem Ehepaar übergeben. Es waren Tante Ruth und Onkel John; auf den alten Fotos waren sie jünger und, Adolf fand, viel schöner.

    „Du musst", sagte Tante Ruth mit gütigem, aber bestimmenden Unterton in der Stimme, „alles vergessen, deine Heimat ist jetzt Amerika, deine Mutter bin ich und dein Vater Onkel John. Den Krieg wirst du vergessen und das, was unser Volk der Welt, besonders dem Volk deines Onkels, angetan hat. Du bist jetzt Amerikaner." Liebevoll hob sie Adolf zu sich empor und drückte ihn zärtlich.

Am Anfang schrieb Großmutter allwöchentlich an ihn adressierte Briefe, war er doch des Lesens und Schreibens kundig, allerdings nur der lateinischen Buchstaben. Zu oft während des Krieges waren die Taferlklassler in den Schulkellern, wenn die Bomber flogen. Monatelang gab es gar keinen Unterricht.

Und Großmutter schrieb dazu noch kurrent, wie sie es selbst in der Schule gelernt hatte. So musste immer Tante Ruth ihre Briefe vorlesen. Vieles war mit dicker schwarzer Tinte durchgestrichen. Tante Ruth wog dann immer bedenklich den Kopf hin und her. Dann schrieb Großmutter nur mehr alle zwei Wochen, obwohl Adolf ihr jedes Wochenende einen Brief schrieb. Er hatte so viele Fragen an sie wegen Vater, wegen Mutters Grab, wegen Franzes und Siegfrieds Gräbern, ob sie zu Allerheiligen auf allen Gräbern Kerzen angezündet hatte. Tante Ruth nähte Gewand in große Leinentücher, um es Großmutter zu schicken. Sie steckte alles Mögliche hinein, Zuckerln, Kaugummi und Schokolade. Großmutter hatte über die große Not im Dorf geschrieben, Adolf erinnerte sich genau und es gab nicht nur die Armut. Es fielen ihm die Schreie der vergewaltigten Frauen ein, wenn er mit Großmutter auf dem Heuboden versteckt war. Wenn er sich erinnerte, hörte er wieder die Schreie der Kinder, die sich an ihre Mutter geklammert hatten und manch Schuss fiel, wenn ein Vater seine Tochter oder seine Frau schützen wollte.

Tante Ruth hatte die Großmutter wohl gebeten, keine solchen traurigen Briefe mehr zu schreiben. Denn irgendwann klangen die Briefe der Großmutter zu optimistisch, als dass es Adolf glauben konnte. Sie schrieb, einen Heimkehrer getroffen zu haben, der den Vater aus einem Lager kannte und dass dieser nun bestimmt auch bald nachhause kommen würde. Aber Adolf blieb misstrauisch.

In der Schule lernte Adolf gut. Binnen kürzester Zeit hatte er so gut Englisch gelernt, dass Tante Ruth und Onkel John ihn von der deutsch-jüdischen Schule nahmen und in eine englische gaben, wo er in kürzester Zeit zu den Klassenbesten aufstieg.

Eines Tages kam er von der Schule nachhause und fand Tante Ruth ganz verweint im Wohnzimmer sitzend. Sie nahm ihn in ihre Arme und drückte ihn fest an sich.

„Du musst jetzt stark sein Adolf", sagte sie und wischte sich die Tränen von ihrem Gesicht. Auf dem Tisch lag ein Brief aus Österreich, das erkannte Adolf sofort an der Briefmarke, aber es war nicht Großmutters Schrift. Es war eine klobige Schrift mit ungeübter Hand geschrieben. Er nahm den Brief, las ihn laut mit bebender Stimme und warf sich weinend in Tante Ruths Arme. Nun hatte er alle verloren, die Mutter, den Vater und nun auch noch die Großmutter.

Adolf absolvierte im Laufe der Jahre mit Bravur die Highschool, bestand sein Jurastudium in Harvard mit Auszeichnung und lernte Sarah kennen, die seine Frau wurde. Sarah war eine Tochter aus bestem Hause. Onkel Johns sehnlichster Wunsch war, dass sein Sohn, und es gab keinen Zweifel, dass er ihn als seinen eigenen Sohn betrachtete, er hatte ihn adoptiert, Politiker werden sollte, was ihm selbst verwehrt geblieben war. Und so stieg Adolf auf der Politleiter zum Senator auf, unterstützt von der Frau seiner Familie, die zu den einflussreichsten an der Ostküste gehörte. Seine Vergangenheit vergaß Adolf dennoch nie. Oft schaute er sich das Foto des russischen Kindes an, das er immer in seiner Schreibtischlade liegen hatte. Es war nun an der Zeit, diesen Jungen einmal kennen zu lernen.

Ein hagerer Mann saß hinter seinem Schreibtisch. Er erhob sich sofort, um dem eintretenden Senator entgegenzutreten. Sie schüttelten sich die Hände.

„Bitte, nehmen Sie Platz!", sagte er in einem guten und frei von dem ansonsten gutturalen Unterklang des von Russen gesprochenen Englisch. Lächelnd deutete er mit der Hand auf eine gepolsterte Sesselgruppe, die in einer Ecke des großen Raumes stand.

„Es freut mich, Sie persönlich kennen zu lernen!" Eine junge Sekretärin mit asiatischen Gesichtszügen erschien an der Türe.

„Was darf ich zu trinken bringen?" Der Gastgeber schaute den Senator fragend an.

„Tee", sagte daraufhin der Senator, „Tee", fügte er noch lächelnd hinterher hinzu. „Wollen wir unsere Unterhaltung in Russisch weiterführen? Ihr Russisch ist besser als mein Englisch!"

„Nein, nein, das stimmt nicht", wehrte der Senator ab. „Sie sprechen um Längen besser meine Sprache als ich die ihre." „Nun wie es auch sei", gab der Russe nach, „des Gastes Wille sei mir heilig." „Aber wir könnten einen kleinen Wodka trinken." „Ich hätte nichts dagegen." Der Russe holte aus einem Kühlschrank, welcher in eine Schrankwand unsichtbar eingebaut war, eine Flasche Stolichnaya und zwei Gläser, füllte sie, hob sein Glas und sagte: „Nastrowje, auf unsere Freundschaft!" Der Senator hob ebenfalls sein Glas und sagte: „Prost, auf unsere Freundschaft!" Und beide kippten den Inhalt der gefüllten Gläser in einem Zug hinunter.

„Noch einen?", fragte der Gastgeber. Der Senator nickte etwas skeptisch, aber lächelte dabei, sodass der Eindruck entstand, dass er nichts dagegen hätte. Der Gastgeber goss nach. Und sie prosteten sich wieder zu und leerten in einem Zug ihre Gläser. Nun brachte die Sekretärin den bestellten Tee mit Zucker und Milch, sah den Wodka auf dem Tisch stehen und stellte das Tablett dazu. „Tee", sagten beide fast gleichzeitig und mussten auch beide gleichzeitig lachen. „Sie stammt aus Kasachstan", erläuterte der Gastgeber, nachdem die Sekretärin die Türe hinter sich geschlossen hatte. „Außerdem ist sie Moslem, nicht so sehr, aber doch so, dass sie den Alkohol verabscheut." „Ich dachte, man hätte die Religion durch den Kommunismus ersetzt?" „Das wird noch Generationen dauern, besonders auf dem Lande." „Das dachte ich auch, als sie mit der Milch beleidigt abzog." „Ja unser Land hat viele Völker, viele Religionen." Er goss wieder die Gläser voll und nahm seines in die Hand, auf den Senator wartend, dass es auch jener machen würde. Dieser zögerte nur einen Augenblick, nahm es jedoch auf und beide sagten gleichzeitig: „Nastrowje!" Stießen nur kurz an und leerten die Gläser in einem Zug. „Ah", sagte der russische Ministerialrat, wenn er kalt ist, kalt wie das sibirische Eis, schmeckt er am besten", das Glas zurückstellend. „Ja, das ist richtig", darauf sein Gegenüber, sein Glas ebenfalls zurückstellend. „Wir trinken mehr den Whisky, aber ebenso kalt." „Ich weiß, wenn ich einmal nach Amerika komme, da werde ich nur Whisky trinken." „Ja kommen Sie nach Amerika als mein Gast, nichts wäre für mich schöner, als dass Sie mein Gast wären." Der Russe schaute sein Gegenüber misstrauisch an. Was will dieser Amerikaner wirklich von mir, ich bin kein Geheimnisträger, er kann auch nichts ausspionieren, außerdem haben uns die Amerikaner bei unseren Saatgutversuchen viel geholfen. Und das können wir eigentlich nur ihm verdanken. Und wenn die Verhandlungen ins Stocken gerieten, dann brachte dieser amerikanische Senator, und wenn ich es bedenke, ich Michael Michailowitsch, die ganze Sache wieder in Schwung. Und bei ihrem letzten Telefongespräch war er überrascht, dass er persönlich nach Moskau kommen würde. Die Visa hatte er sofort bekommen, dank seiner Verbindungen. Mehr in Gedanken versunken, goss der Russe wieder die Gläser voll. „Ich danke Ihnen, was Sie für unser Volk und unser Land getan haben, ich danke Ihnen", sie prosteten sich wieder zu und kippten die Gläser in einem Zuge. „Ich danke Ihnen, was ich für Ihr Volk und Ihr Land und besonders für Sie tun durfte." Der Russe hielt es für eine Floskel und schenkte neuerlich die Gläser voll, doch irgendwo in einem Winkel seines Kopfes ahnte er, dass trotz des Kalten Krieges, den sein Land mit dem des Senators führte, es irgendetwas geben musste, dass sich dieser Senator mit seinem Land verbunden fühlte. Er musste von den amerikanischen Medien viel an Kritik über sich ergehen lassen, sodass die „Washington-Post" sogar fragte: „Sind sie Kommunist, Herr Senator?" Das alles wusste der russische Ministerialrat für Landwirtschaft. Nun nahm der Senator das Wodkaglas als Erster in die Hand.

„Auf ihren Vater Michael Michailowitsch!", und stieß an das Glas des Russen an und leerte das seine in einem Zug. Michael Michailowitsch vergaß vor lauter Erstaunen das Trinken, so stand er noch da, als der Senator sein Glas schon längst abgestellt hatte. Er stellte sein Glas unausgetrunken auf den Tisch zurück. „Auf wen haben Sie gesagt, sollen wir trinken? Auf meinen Vater?", den Senator ungläubig anstarrend. Nun kam der gutturale Akzent unter dem geschliffenen Englisch hervor. Nun nahm er die Teetasse, goss aus der Kanne Tee hinein, trank den noch ungesüßten Tee, goss noch einmal nach, so als wolle er den Alkohol aus sich herausspülen. „Auf wen sollten wir trinken, haben Sie gesagt!" „Auf Ihren Vater!" „Auf meinen Vater, auf meinen Vater sollten wir trinken. Wissen Sie, dass mein Vater 1945 kurz vor Kriegsende gefallen ist!" „Ich weiß!" „Sie wissen, woher wissen Sie?"

Der Senator holte seine Brieftasche aus seinem Rock, fingerte daran herum, so als hätte besagte Tasche ein Geheimfach und zog ein Foto daraus hervor. Bevor er es Michael Michailowitsch junior übergab, schaute er es noch lange an. Jener besah sich das Foto ebenso lang und sagte dann: „Das ist meine Mutter, mein Vater und ich! Meine Mutter hinterließ mir das ganz gleiche Foto, aber wie, wieso?" „Ihr Vater hat sein Leben verloren, als er einem deutschen Buben das Leben rettete. Eine deutsche Granate hat ihn zerrissen und das Braune auf dem Foto ist das Blut Ihres Vaters."

„Das Blut meines Vaters? Das ist das Blut meines Vaters?" Er stand auf. „Aber wie, wieso? Dann sind Sie gar kein Amerikaner?", fragte er unvermittelt.

„Doch, doch", beeilte sich der Senator zu sagen. „Aber Sie waren doch der deutsche Junge?" „Ja, der war ich und Ihr Vater war mein Lebensretter, er war ein Held." „Wir haben viele Helden und viele tote Helden, allzu viele!"

Dr. Kisch, der den Senator untersuchte, schickte ihn zu einem weiteren Spezialisten, der ihn in eine Klinik und die ihn dann nachhause. Einige Monate noch, vielleicht drei oder vier, vielleicht etwas weniger, vielleicht etwas mehr, lautete die Diagnose. „Bis zur völligen Umnachtung, eine Krankheit, die äußerst selten auftritt, dafür dagegen sehr wenig geforscht wurde", sagte der Arzt zu der Frau des Senators. Eine Krankheit, die einherging mit dem Verlust des Kurzzeitgedächtnisses und nur das Langzeitgedächtnis, es blieb ihm noch längere Zeit erhalten. Aber auch das würde schließlich und endlich sich auflösen und vergehen, aber das Tragische daran wäre, dass diese Patienten anfingen in der Vergangenheit zu leben und sie real empfinden würden bis zur völligen Umnachtung.

So war der Senator eines Tages verschwunden und zwar ohne viel mitzunehmen. Man suchte ihn zuerst bei Freunden, bei seinem von ihm gesponserten Wohltätigkeitsverein, schließlich veröffentlichte man sein Bild in den Zeitungen und im Fernsehen. Da der Arzt glaubhaft versicherte, dass er selbst nicht mehr wisse, wo er war und wer er war. Aber der Senator war und blieb verschwunden.

Ein feiner Amerikaner hätte sich im Dorfgasthaus eingemietet, war die Nachricht, die sich wie ein Lauffeuer im Dorf verbreitete. Wo er wohl herkomme? Warum kam er gerade in dieses kleine abgelegene burgenländische Dorf? Sie gönnten dem Wirt den Gast nicht, hatte doch auch der Neid in diesem Dorf mit seinem Wohlstand Einzug gehalten.

Der Amerikaner tat so, als ginge ihn das ganze Dorf nichts an. Er wanderte durch das Dorf, besuchte den Friedhof, ging in die umliegenden Wälder, meilenweit den Bach entlang, grüßte die Menschen nur kurz und ließ sich auf kein Gespräch ein. Dem Wirt zufolge hatte der Amerikaner eines Abends sein Gasthaus betreten und im burgenländischen Dialekt gefragt, ob er hier übernachten könne.

Eine fremde Gasse lag vor ihm, Häuser mit bunt bemalten Fassaden und roten Ziegeldächern, als würden die Bewohner mit der bewussten Buntheit das Elend der Vergangenheit wegretuschieren. In den großen Glasscheiben spiegelte sich die Vergangenheit.

Geduckt kauerten die niederen strohgedeckten weiß getünchten und dicht aneinandergedrängten Häuser beidseitig der lehmigen Straße, welche sich bei Regen in eine schlitzige Masse verwandelte. Bei Trockenheit zermalmten die eisenbeschlagenen Räder der Bauernwagen, die Hufe der Pferde und Kühe die lehmigen schorfigen Krusten zu feinem Staub, den der Wind die Straße entlang trieb.

Die gestampften Lehmmauern der Häuser waren verrußt und verschmaucht. Schwarze Rußzungen durchzogen unwillkürlich wie Adern im Marmor die Wände. Er roch das verbrannte Fleisch der Tiere und sah die skurrilen Formen des geschmolzenen Glases, welches sie als Kinder aus Schutt und Asche sammelten.

In den Wochen, in denen er im Dorf lebte, wurde sein Verhalten immer auffälliger. Vor manchen Häusern blieb er lange stehen und kam einmal der Bewohner aus dem Hause heraus, so schaute er ihn so bohrend an, dass jener sich gleich wieder in sein Haus zurückzog. Sonntags ging er immer zur Kirche und ihn schien besonders die Marienstatue zu faszinieren, mit ihren weißen Perlmuttaugen. Am liebsten jedoch hielt er sich auf dem Friedhof auf, wo er Grabstein für Grabstein die Inschriften las. Schwammerlsucher sahen ihn auch im Wald auf der Bergkuppe, wo er die alten Bäume betrachtete, als suche er etwas Verborgenes.

So sorgte er immer wieder für Gesprächsstoff und brachte etwas Abwechslung in den sonst ruhigen Dorfalltag.

Es war ein klarer Spätherbsttag. Ein merklich kühler Wind strich durch das Tal, es roch nach Schnee und Vergänglichkeit. Die Spitze des Hochwechsels schmückte sich mit einer weißen Haube, weithin sichtbar in die Täler und Ebenen. Halbhoch stand die Nachmittagssonne mit nur ein paar vereinzelten Schäfchenwolken an der blauen Himmelskuppel. Friedlich und unbeirrt floss das Wasser in seinem fast gefällelosen Gerinne, vollzog ein winziges Segment seines Kreislaufes. Die Strem, welche sich ihr Bett neanderähnlich durch das Tal gegraben hatte, teilweise war das Ufer mit niederem Buschwerk und Weiden bewachsen. Adolf ging den Feldweg am Ufer entlang, langsam mit halb geschlossenen Augen bachaufwärts. Der frische Wind zerzauste sein Haar. Weit im Himmel oben flatterte ein einsamer gelber Drachen, den eine nicht sichtbare Schnur davon abhielt, höher und höher zu steigen. Plötzlich sah er im Gegenlicht eine dunkle Gestalt vor sich auftauchen. Erschrocken blieb er stehen. Der Andere auch, er lächelte.

„Nun junger Mann, wohin des Weges?", sagte eine jugendliche Stimme.

Adolf wusste keine Antwort darauf. Er atmete nur betont tief durch, um Zeit zu gewinnen und dabei seine Gedanken zu sammeln. Es fiel ihm keine befriedigende Antwort ein.

„So halt", gab er zurück und merkte, dass diese Antwort mit der Frage nichts gemein hatte und sagte schnell: „Ich gehe ohne besonderen Grund hier lang." Der Andere lächelte. Adolf betrachtete sein Gegenüber. Dieser trug eine schäbige Wehrmachtsuniform. Zwei Riemen gingen von seinen Schultern nach hinten. Ein schmutziges Hemd schaute unter der geöffneten Uniformbluse hervor.

„Wer bist du?", fragte Adolf.

„Ich heiße Adolf, Adolf Strobl. Und wie heißt du?"

„Auch Adolf, Adolf Sommer."

„Dann bist du der kleine Adolf Sommer?"

Plötzlich fiel es Adolf wie Schuppen von den Augen. Das war der Adolf, dessen Mutter man vor einem Monat zu Grabe getragen hatte.

„Was schaust du plötzlich so entsetzt drein? Ich kenne dich, da warst du noch so klein." Und er zeigte ein Wickelkind, schaukelte es in den Händen, wie man kleine Kinder schaukelt.

„So? Aber ich kenne dich nicht!"

„Natürlich nicht, wie könntest du auch?", wobei sein Gesicht von einem breiten Lachen überzogen ward.

Adolf setzte sich ins Gras. Der Große überlegte einen Moment, sich neben ihn zu setzen.

„Mutter wird auf mich warten, ich muss los", sagte er und machte sich auf den Weg. Adolf ging hinterher.

Als sie an eine Wegkrümmung kamen, von der aus man das Dorf überblicken konnte, blieb der Heimkehrer abrupt stehen.

„Mein Gott", stammelte er. „Wo sind denn die Häuser, wo ist der Kirchturm, wo ist das Dorf?" Adolf spürte das Entsetzen. Er sagte leise: „Wir haben alle sehr viel mitgemacht." Es verwendete die gleichen Worte, die Großmutter in einem Brief an Tante Ruth in Amerika geschrieben hatte. Es sollte erwachsen klingen.

Gleichmütig schritt er neben dem Großen her, als ihn ein fürchterlicher Schreck durchzuckte. Wohin sollte der Heimkehrer denn gehen? Seine Mutter war doch tot. In ihrer Gemeindewohnung wohnten schon andere Leute. Um Zeit zum Überlegen zu gewinnen, wie er seinem Namensvetter das Unvermeidliche schonend beibringen konnte, sagte er fast beiläufig, wobei er mit der Weidenrute im Staub eine durchgehende Linie hinter sich zog: „Wir könnten den Weg dort oben nehmen, die Brücke über den Bach ist noch nicht neu gemacht. Die Deutschen haben sie gesprengt, obwohl es nichts genützt hat. Jetzt liegt nur ein schmaler Pfosten über dem Bach." „Ach, so und was glaubst du, wie viele Bäche ich schon ohne Brücken überquert habe?" So gingen sie den Weg, der um das Dorf herumführte, in Richtung Friedhof. Und er lachte darüber. Adolf fand, es war ein gezwungenes Lachen, gar nicht froh. Die Umstände, wie er alle diese Bäche überquert haben dürfte, schienen keine angenehmen gewesen zu sein. Insgeheim hoffte Adolf, es würde jemand des Weges kommen, der den Heimkehrer kannte, der ihm die traurige Kunde vom Tod seiner Mutter mitteilen würde. Je näher sie dem Friedhof kamen, desto größer wurde die Bürde, die Adolf auf seinen schmächtigen Schultern zu tragen hatte. Er setzte sich ins Gras. Der große Adolf blieb stehen und betrachtete das Dorf von seiner Rückseite, die abgebrannten Scheunen und Ställe. Trotz des großen Unheils, welches der Krieg über das Dorf gebracht hatte, oder gerade deshalb, weil sie so viel selbst verloren hatten, war in vielen von ihnen eine hässliche abstoßende Neugierde, begierig, um insgeheim über des Nachbars Unheil zu frohlocken, war ihnen doch selbst so viel, schier kaum zu Ertragendes widerfahren. Wie der große Adolf vor ihm stand, eigentlich ein schmächtiger großer Bub, kaum zu glauben, dass er jahrelang im Krieg war, mager mit verschlissener deutscher Soldatenuniform, welcher jedoch die Spiegel an dem Revers fehlten, ausgebeulten Schuhen und einen Wehrmachtsrucksack auf seinem Rücken, welcher jedoch kärglich gefüllt zu sein schien, denn nur am unteren Ende war er verdickt, ansonsten lag er angeschmiegt am Rücken seines Trägers.

Da der kleine Adolf keinerlei Anstalten machte, sich zu erheben, setzte sich der Große neben ihn. Adolf stocherte mit seiner Rute im Staub herum, als würde er etwas Verborgenes suchen. Tatsächlich suchte er nach Worten. Wie sollte er beginnen? Verstohlen blickte er über die Schulter zum unweit entfernten Friedhof.

„Viele sind hier gefallen", fing er an.

„Wo nicht?", fragte der Andere.

„Aber hier besonders viele."

„Alle weiß man nie. Beim Rückzug wussten wir nie, waren die Kameraden gefallen oder waren sie gefangen genommen. Er zuckte mit den Schultern.

„Hier liegen so an die fünfzig deutsche Soldaten und die Russen kann man gar nicht zählen."

„Und warum nicht?"

„Die hat man alle weggebracht. Ein deutscher Bub war auch dabei."

„Bei den Russen?"

„Nein, bei den Deutschen! Er war erst siebzehn." Nach einer Pause: „Ich hatte auch einen Freund bei den Russen."

„Wie das?"

„Er hat mir das Leben gerettet."

„Ein Russe?"

„Ja, ein Russe."

„Wie das?"

„Ich ging meinen Vater unter den deutschen Soldaten suchen." Als das Dorf nicht mehr zu halten war, aber es schien wichtig für die Verteidigung, da kam die SS und mein Vater ist bei der SS und da ging ich ihn suchen, ich musste ihn finden, ich musste ihm doch sagen, dass Mutter gestorben war und die Großmutter es ihm geschrieben hatte und er hat nie geantwortet.

„Du bist mitten in den Kämpfen deinen Vater suchen gegangen?" „Genau." Der Große schaute den Kleinen mit einem Blick aus Entsetzen und Skepsis an.

„Hat deine Mutter das gewusst?"

„Meine Mutter ist schon lange tot."

„Deine Mutter ist gestorben? Meine Mutter hat es mir gar nicht geschrieben. All die Jahre in der Gefangenschaft bekam ich keine Post."

Adolf fing an zu weinen, vergebens kämpfte er gegen die Tränen an.

„Und dein Vater?" Adolf zuckte bekümmert mit den Schultern.

„Wird schon noch kommen. Nun sind wir beide Halbwaisen", versuchte er ihn zu trösten. „Mein Vater starb schon, als ich noch ganz klein war."

Der Schmerz um den Tod seiner Mutter saß tief, sodass er fast vergaß, weshalb er hier am Wegrand saß.

„Auch viele Andere sind gestorben", sagte er unvermittelt.

„Ja, viele sterben jung, viele werden alt, so ist das Leben."

Ein weiser Junge fand der Kleine. Was mochte der alles schon durchgemacht haben, wie viele Menschen mochte er sterben gesehen haben, wie er selbst die Soldaten, die überall herumlagen, verwundet, sterbend oder bereits tot. Sie hatten beide den Krieg miterlebt. Adolf schaute den Großen traurig an: „Nicht nur meine Mutter ist gestorben, sondern auch deine."

Sie saßen lange schweigend nebeneinander. Verstohlen sah Adolf zu ihm hinüber. Plötzlich stand der Große auf. Adolf sah, dass er Tränen in den Augen hatte.

„Zeigst du mir ihr Grab?"

Der Kleine ging voran, zum nahen Friedhof.

Ein schlichtes Holzkreuz und ein paar Blumen lagen auf dem noch frischen Grabhügel.

„Wann?", fragte er.

„Vor vier Wochen erst." Nun weinte der Große, erschütterte Adolf in seinem Schmerz.

„Du kommst mit mir", sagte er bestimmt. „Du kannst bei uns wohnen und zu essen haben wir auch."

„Nein", sagte der Große ebenso bestimmt. „Auf mich wartet hier niemand, wir hatten nicht einmal Verwandte im Dorf. Ich habe eigentlich keine Heimat. Meine Heimat war meine Mutter, wo wir auch waren." Er gab Adolf die Hand. „Ich danke dir. Könntest du hin und wieder ein paar Blumen auf das Grab legen?" Es gibt so viele Gräber auf dieser Erde, auf die nie ein Mensch Blumen gelegt und auch nicht legen wird. Armut ist Vergessenheit!! Und er ging die staubige Straße entlang, weg vom Dorf, mit dem ihn nichts mehr verband, außer seiner toten Mutter, die nun auf dem Friedhof ruhte. Das Dorf würde sie beide vergessen, wie es alle Landarbeiter wieder vergaß, die zufällig in dieses Dorf kamen und dann irgendwann weiterzogen.

Wenn das Holzkreuz verfault, an den grasbedeckten Hügel sich nur wenige erinnern können oder wollen, dass eine Witwe, eine arme Landarbeiterin mit einem Sohn zufällig in dieses Dorf kam, am Ende des Krieges oder kurz nachher verstarb sie. Vom Sohn, er war in der Wehrmacht, oder ob er hier war, niemand habe ihn gesehen. Ein kleiner Junge hätte es zwar behauptet, aber niemand hätte es sonst gesehen. Nur als Jahre nach dem Krieg die Glocken auf dem provisorischen Glockenturm eines Nachmittags läuteten, hieß es, jemand aus dem Dorf, sei es auch in der Fremde, läuteten sie für Adolf Strobl, der gefallen war in der Hölle von Dien Phen Phu, verreckt für eine Sache, die ihn genauso wenig anging, wie den tausenden anderen deutschen Söldnern, die für eine Kolonialmacht gekämpft hatten und im indonesischen Dschungel krepiert waren. Doch nur wenige berührte es. Mutter und Sohn waren das ganze Jahr auf irgendwelchen Gutshöfen und im Winter waren sie im Dorf, um im Frühjahr wieder in die Fremde zu ziehen. Es waren ruhige Menschen, sie hatten wenig Kontakt zu den Dorfbewohnern. Als einer der Ersten musste der Sohn in den Krieg und viele vermeinten, er wäre schon gefallen. Wie viele waren doch gefallen, von denen man erst jetzt erfuhr.

In diesem Sommer kamen einige Männer zurück, entlassen aus britischer oder amerikanischer Gefangenschaft. Wie ein Lauffeuer durchzog diese Freudenbotschaft jedes Mal das Dorf, wenn einer der Männer ankam, und ließ dort wieder Hoffnungen aufglimmen, wo der Vater oder der Sohn schon lange als vermisst galten. Die Zurückgekehrten wurden von den Frauen, deren Männer bei der gleichen Einheit waren, sofort aufgesucht. Bei so mancher Frau und Mutter wurde aber dieser letzte Funken Hoffnung jäh gelöscht und zur Gewissheit, ihr Sohn oder Mann werde nie mehr nachhause kommen. Anderen wurde dieser Funken der Hoffnung genährt. Diese eilten, vor Freude und Glück weinend, nachhause, um den Kindern die Freudenbotschaft zu verkünden. Er lebt! Tränen des Glücks rannen über verhärmte Gesichter, wurden nicht einmal weggewischt, weil schon ein neuer Strom aus glücklichen Augen quoll. Er lebt! Es gab wieder Hoffnung, die Hoffnung, dass alles wieder gut werden würde. Vergessen die Jahre der Trennung, das zerstörte Haus, das verbrannte oder requirierte Vieh, alles war ersetzbar, war nur der Vater wieder da. Doch nicht viele kehrten heim. Die Listen der Toten wurden jeden Tag länger. Es gab kaum ein Haus, in welchem nicht Opfer zu beklagen waren, der Vater, ein Sohn, der Vater und ein Sohn, der Vater und zwei Söhne, der Vater und drei Söhne, bis zu sieben Gefallenen in einem Haus, gab es im Dorf. Der Tod, der schon so reichliche Ernte eingebracht hatte, blieb dem Dorf treu. Er saß noch immer auf dem rauchgeschwärzten Gemäuer des Kirchturms. Heimgekehrte starben an den Folgen ihrer Verwundung oder Krankheit. Aus Stalingrad kehrten nur wenige zurück, die früh genug mit einer Verwundung aus dem Kessel ausgeflogen wurden. Tiefe Traurigkeit und Enttäuschung beherrschten das zerstörte Dorf. Wie unter Zwang und in vorgezeichneten Bahnen lief das Leben im Dorfe ab. Die Menschen fingen an, die zerstörten Häuser wieder aufzubauen. Währenddessen hausten sie bei anderen Dorfbewohnern in unbeheizten Kellern. Der Rest des zerstörten und abgebrannten Kirchturms stach in einen Himmel, an den keiner mehr glaubte. Er war ein sichtbares Zeugnis für die Zerstörung des Dorfes und des Glaubens der Menschen an Gott. Vor dem Herannahen der Front hatte man alle nationalsozialistischen Attribute wie Fahnen zerstört und Bücher verbrannt. Die Uniformen der Männer, so sie der SA oder allgemeinen SS angehörten, welche an der Front kämpften, zertrennt und in unverfängliche Stoffteile zerlegt. Man versuchte die Spuren des Nationalsozialismus zu beseitigen, um den heranrückenden Russen und es gab keine Zweifel daran, dass sie unaufhaltsam näher rückten, keinen Grund zur Rache zu liefern. Aber es kam trotzdem anders. Es war wie in allen Kriegen und allen Jahrhunderten. Die Bestie Mensch warf ihr äußeres Kleid ab, kehrt zu seiner animalischen Urform zurück, das Fell wuchs der menschlichen Kreatur und in Rudeln jagten sie erbarmungslos die ungeschützten Frauen, aufgepeitscht und enthemmt von den erbeuteten Alkoholika.

Wie die zerborstenen Glocken, die im Turmgewölbe lagen, sah es in den Herzen der Menschen aus. Es gab keinen Priester mehr im Dorf. Wenn jemand starb, kam der vom Nachbardorf. Es gab keine Taufen und keine Hochzeiten. Es gab keine Männer. Die Frauen suchten und brauchten Trost. Abgestumpft und verbittert trugen sie ihr Los. Schwarz war die Farbe des Dorfes, nicht nur der verrußten Gemäuer der abgebrannten Häuser. Schwarz war die Farbe ihrer Trauer und schwarz waren ihre Gedanken und Erinnerungen. Hatten die Frauen ihre Männer schon verloren, so verloren sie nun auch noch ihre Würde, wurden gedemütigt vor ihren entsetzt zuschauenden Kindern. Junge Mädchen, deren Blut aus dem Schoße nochmaliger Vergewaltigung nicht mehr zu stillen war und alte Frauen.

Sie alle wurden Opfer dieser Sieger. Hatte ihnen doch Ehrenstein den Freibrief ausgestellt. Nehmt euch die deutschen Frauen, sie sind eure Beute. Manch einer Frau wurde die Schmach untragbar, dass sie einen Bastard in sich trug. Der Priester musste nicht gerufen werden, den Selbstmördern verweigerte die Kirche ein kirchliches Begräbnis. Die Spur des Gebetes der Murmelnden verlor sich langsam auf der staubigen Straße, zurücklassend die Trostlosigkeit und die Ausweglosigkeit zwischen der Kulisse der dachlosen Mauern mit den leeren Fensterhöhlen, auf deren Wänden noch halbzerstörte Bilder von Heiligen hingen. Langsam bewegte sich die Prozession von dem Hause der Erhängten zum Friedhof, ohne den Umweg in die Kirche nehmen zu müssen. Verstörte, weinende Kinder an der Hand von Verwandten und Nachbarn, die nun aufgeteilt werden mussten, um ihr Überleben zu sichern.

Es war schon Spätherbst, als sich eines Tages gegen Abend ein Lastwagen die Straße heraufquälte. Der Motor tuckerte vor Anstrengung. Der Wagen fuhr langsam, links und rechts von einer neugierigen Kinderschar begleitet. Er rumpelte und schwankte über die von Regen aufgeweichte Straße in Richtung Pfarrhaus. Zwei Männer saßen im Fahrerhaus.
„Kriegen wir einen neuen Pfarrer?", fragte eines der Kinder.
„Wir haben doch keine Kirche!"
„Doch wir haben eine Kirche, bloß keinen Turm."
„Wie will er dann zur Messe rufen ohne Glocken?"
Die Kinder hüpften neben dem Auto her, überholten es, warteten wieder.
„Hast du gesehen, der fürchtet sich vor den abgebrannten Häusern!"
„Ganz geschreckt schaut der heraus."
„Und eine Glatze hat er auch!"
Das Pfarrhaus stand schon lange leer, dazu der große düstere Gutshof mit den Ställen und einem riesigen Hof, welcher mit Unkraut überwuchert war. Das Gut stammte aus einer Zeit als die Kirche noch der Grundbesitzer und die Priester die Gutsherren waren.
Die neugierigen Kinder folgten dem Lastwagen durch das Tor, harrend, dass die Männer aus dem Fahrerhaus aus-

steigen würden. Endlich kletterte der Fahrer heraus mit steifen Beinen von einer scheinbar langen Fahrt. Er ging um das Fahrerhaus herum und öffnete die Beifahrertür. Ein kümmerliches Kränzchen von grauen Haaren säumte den gewaltigen Schädel des aussteigenden Mannes, über einem breiten sackartigen Gesicht, welches halslos in einen riesigen Bauch überzugehen schien. Als er mithilfe des Chauffeurs schnaufend und ächzend wieder festen Boden unter sich verspürte und mit einem tiefen Grunzen seine Genugtuung darüber kundtat, schlug er drei Kreuze auf Stirne, Kinn und Brust. Das also war der neue Priester, kaum größer als die größeren der Kinder. Betreten standen die Kinder um ihn herum. Doch der lächelte die Kinder freundlich an.

„Schön, dass ihr gekommen seid."

Er hatte lustige Augen, eine schöne Stimme und große auffallende Zähne.

„So einen dicken Bauch hab ich noch nie gesehen. Wo gibt es so viel zu essen, dass der so dick werden kann?", flüsterte ein Bub seinem Freund zu.

Die Haustür war unversperrt, der Schlüssel steckte an der Innenseite der Tür. Das ganze Pfarrhaus war gereinigt, die Wände frisch gekalkt. Die Frauen im Dorf hatten trotz ihrer vielen Arbeit noch die Zeit gefunden, oft bis spät in die Nacht hinein, dem neuen Pfarrherren ein würdiges Zuhause bereitzustellen. Sie hatten all das Chaos beseitigt, welches die Russen hinterlassen hatten, als sie ihre Kommandantur im Pfarrhaus hatten.

Langsam drückte er die Klinke herunter und geräuschlos bewegte sich die Tür beim Öffnen in ihren Angeln. Er schien überrascht zu sein. Vorsichtig, beinahe ehrfurchtsvoll, betrat er den langen Gang. Mittlerweile war es dämmrig geworden. Ein Mädchen schaltete das Licht ein. Sie wusste um den Schalter, hatte doch auch sie mitgeholfen, den Pfarrhof bewohnbar zu machen. Es hing eine dämmriges Licht ausstrahlende nackte Glühbirne an der Decke, kaum den langen Gang ausleuchtend. Die Wände rochen nach frischem Kalk, nach Sauberkeit, nach Mut für eine neue Zukunft. Die Kalktünche verdeckte die Vergangenheit, die gute wie die schlechte, die bewältigte wie die unbewältigte. Diese neue frische Schicht überzog alle darunter liegenden Jahrhunderte, welche ihrerseits bereits vergessen gemacht worden waren. Zögernd schritt er den langen Gang entlang. Die quadratischen grünen Schieferplatten waren ein Überbleibsel eines Herrenhauses aus jener Zeit, als die Seelsorgen noch Pfarren mit Knechten und Mägden, mit vollen Ställen und vollen Scheunen, mit Äckern, Wiesen, Wäldern und Weiden waren.

Das Mädchen eilte weiter voraus, öffnete nacheinander die Türen und drehte überall das Licht an. Keine Tür knarrte, alle Räume waren weiß gekalkt, die breiten Holzdielen frisch geschrubbt und überall hingen neue Glühbirnen. Dem im Wohnzimmer stehenden Schrank sah man an, dass er für andere Zwecke als für Bücher, Porzellan und feine Gläser missbraucht worden war. Seine Sprossen waren gebrochen und keine der ehemals geschliffenen Verglasung seiner Türen hatte die Attacken der Soldadeska überlebt. Alle Möbel, die für irgendeine Funktion noch nutzbar zu sein schienen, wurden trotz ihres Zustandes im Hause gelassen. Ein Nachtkästchen ohne Türen und Laden diente als Untergestell für eine Holzplatte, die vorher eine Garderobenwand gewesen war und nun den Wohnzimmertisch ersetzen musste. Der Pfarrer hatte nicht viele Habseligkeiten. Er selbst war Flüchtling und was er mitbrachte, waren Geschenke von Gläubigen seiner letzten Gemeinde.

Wie ein Lauffeuer verbreitete sich die Kunde im Dorf. Frauen in Gummistiefeln und Schürzen kamen direkt aus dem Stall, wo sie gerade die Kuh gemolken hatten, um den neuen

Pfarrer zu begrüßen. Die Männer, die kamen, entluden gleich den Lastwagen. Eine glänzende Kommode mit geschliffenen Gläsern aus Nussholz getischlert, hoben die Männer zuerst vom Lastwagen. Adolf strich über dieses glatt polierte Holz, dessen Maserung ihm außergewöhnlich schön erschien, noch schöner als der marmorierte Altar in der Kirche. Die Männer hoben Betten mit Matratzen von der Ladefläche, in große Leinentücher eingewickelte Polster und Tuchenten, welche die Frauen ins Haus trugen. Sogar Teppiche mit großen Mustern waren dabei und Sessel, welche offenbar zur Kommode gehörten. Es war ein Sammelsurium verschiedener Dinge, sogar Heiligenbilder in geschnitzten Rahmen, Maria und Josef und ein großes Kruzifix. Die Kinder machten sich nützlich, trugen die kleinen Teile ins Haus, den Hausrat und die Sessel. Der neue Pfarrer gab allen Helfern Anweisungen, in welche Zimmer sie sein Hab und Gut verteilen sollten. Und da viele Hände halfen, war das Pfarrhaus bald eingerichtet, zwar leidlich, doch aber zweckmäßig. Mitten im Wohnzimmer lag der große Teppich, auf dem ein Tisch, samt seinen Sesseln stand. Die Kommode stand einsam an der Wand, aber die Frauen füllten sie sogleich mit Gläsern und Geschirr. Ein Mann hängte einen Luster an die Decke, welcher ein warmes Licht verströmte, sodass die weiß gekalkten Wände weicher erschienen. Ein Anderer nagelte die zwei Heiligenbilder und den Korpus des Herrn an die Wand, die dem Pfarrer am besten erschien. Luster gab es für jedes Zimmer einen, mochten ihn seine vorherigen Pfarrkinder damit wohl versorgt haben. Offenbar war es eine reiche Pfarre gewesen, eine vom Krieg verschonte. Nun war er also hier gelandet, in ihrem kriegszerstörten Dorfe, in einer von Hoffnungslosigkeit befallenen Gemeinde, deren Glaube verloren gegangen war. Aber sie waren gekommen, ihren neuen Pfarrherren zu begrüßen, so als dürsteten sie danach, den Weg zu Gott neu zu suchen.

Der Tod, welcher wochenlang mit seiner Geige auf den lispelnden Ästen saß, welche verdorrt und verbrannt, die ausgebrannten Häuser säumten, spielte lockend sein Lied, um wieder eine Seele aus diesem irdischen Jammertal zu holen. Scheinbar wahllos nahm er einen Heimkehrer, eine Frau, die einen Bastard unter dem Herzen trug, ein schwindsüchtiges Kind oder einen ausgelebten Menschen mit sich fort. Zahlreich war seine Ernte in diesem Winter, die er vorzeitig einbrachte. Die schwarzen gefiederten Vögel hockten krächzend mit ihrem aufgeplusterten Gefieder auf den Brandruinen und den verkohlten Bäumen, um das wenige Futter streitend. Und zwischen ihnen saß allgegenwärtig der Tod. Der viele Schnee in diesem Winter sei wie ein Leichentuch, sagte die Großmutter. Derselbe Schnee, welcher zuerst die fensterlosen Höhlen durchtanzte, legte sich nun bleiern auf alle horizontalen Flächen. Der nachfolgende Schneesturm vertrieb ihn zu meterhohen Wechten, sodass man einzelne Häuser überhaupt nicht mehr ausnehmen konnte. Nur Bäume streckten ihre Äste wie verkohlte Finger durch die weiße Pracht und makaber gen Himmel.

„Wir können wenigstens noch heizen in dieser Kälte", sagte die Großmutter, während sich der Schnee mannshoch vor dem Fenster türmte und der eisige Wind Schneefahnen von den Dächern riss, den Schnee hinter sich herzog und auftürmte, wo er sich an den Mauern brach.

„Aber unsere Soldaten in Russland, in Stalingrad, die sind erfroren in dieser Kälte." Viele Männer aus dem Dorf waren in Stalingrad gefallen. Sie hatten der sechsten Armee angehört. Adolf kannte deren Witwen alle. Ebenso viele waren noch vermisst. Auch deren Frauen kannte Adolf.

Mittlerweile war der Frühling ins Land eingezogen. Der Bischof hatte sich zur Visitation angesagt. Gleichzeitig wollte er den Kindern das erste Mal nach dem Krieg das Heilige

Sakrament der Firmung spenden. Adolf war in heller Aufregung, obwohl er gerade die erste Heilige Kommunion empfangen hatte und noch lange nicht das erforderliche Alter für die Firmung hatte. Vorm Backenschlag des hohen Herrn hatte er keine Angst. Er benahm sich seiner Großmutter und anderen Menschen gegenüber immer brav. Der wahre Grund für seine Aufregung war, dass er als Ministrant vom Herrn Pfarrer persönlich auserkoren war, obwohl es weit ältere Ministranten gab. Sein Vorteil war, dass er in lateinischer Sprache alle Antworten der Liturgie einschließlich des Confiteors fehlerfrei und flüssig mit der erforderlichen Inbrunst aufsagen konnte. Außerdem leerte er während der Wandlung immer das gesamte Glaskännchen mit Wein in den Kelch. Andere Ministranten taten das nur zur Hälfte, um nach Beendigung der heiligen Messen aus der Karaffe den restlichen Wein selbst zu trinken. Der Messwein war immer mit den Hostien im Schrank in der Sakristei versperrt und den Schlüssel dazu hatte nur der Herr Pfarrer. Einmal war ein Ministrant trotz des drohenden Blickes des Pfarrers nicht gewillt, den gesamten Wein in den Krug zu gießen. Jener war daraufhin derart erbost, dass er die heilige Handlung unterbrach, den Kelch auf den Altartisch stellte und dem Jungen eine fürchterliche Ohrfeige gab. Das Gesicht des Jungen nahm aus Scham die Farbe einer Tomate an, hatte doch das Klatschen die Stille der heiligen Handlung für Sekunden gelähmt.

Der Tag der Firmung kam immer näher. Die Kirche wurde geputzt. Ein aus Tannenreisig geflochtener Kranz umrandete den Bogen, in dem ein mit ungeübter Schrift handgeschriebenes ‚Herzlich Willkommen' stand. Es wurde vor der Kirche aufgestellt. Adolf übte im Geheimen das Confiteor, er kannte die gesamte lateinische Messe auswendig. Es konnte also nichts passieren. Das einzige Missgeschick passierte dem Pfarrer aufgrund seiner Nervosität, als er die Schachtel mit den Hostien auf den Boden verschüttete. Diese waren nun unrein, das wusste Adolf, denn das war dem Pfarrer schon einmal passiert, damals gab er all die verschütteten Hostien den Ministranten. Diesmal aber war Adolf allein. Emsig klaubte er sie vom Boden auf und steckte sie eiligst in seinen Hosensack. Die Übriggebliebenen füllten nun den Kelch nicht mehr. Der Bischof ging firmend durch die Reihen. Bei der Heiligen Messe, die der Bischof las, antwortete Adolf mit lauter Stimme mit seinem Confiteor, dessen Stimme ebenso kläglich war, wie seine ganze Erscheinung. Und als die Wandlung vorüber war, verteilte der Pfarrer die Hostien. Die Menge der Kommunizierenden wollte nicht weniger werden, der Kelch leerte sich mehr und mehr. Als die letzte Hostie im Mund eines Kommunionsempfängers verschwand, wandte sich der Pfarrer mit leerem Kelch in zitternden Händen dem Altar zu, um Gott zu bitten, er möge ihn vor der Schande vor seinem Bischof bewahren. Auf wundersame Weise füllte sich der Kelch in seinen Händen. Der Pfarrer sah fragend zu Adolf. Doch dieser stand mit Unschuldsmiene und himmelwärts gerichtetem Blick neben seinem Herrn.

Heiligabend ging der Senator zur Christmette in die Kirche und während die Menschen mit Inbrunst ‚Stille Nacht, heilige Nacht' sangen, saß er in der ersten Reihe der Kirchenbänke. Er sah zum Altar, zu der mit einem weißen Mantel umhüllten Madonna, deren Hände mit einem klobigen Rosenkranz umschlungen waren und deren Augen pupillenlos und traurig in eine nicht auszumachende Ferne blickten. Er hörte den Ministranten, der das Confiteor laut vor sich hinbetete und fand sich ohne Ankündigung in einer Zeit vor einem halben Jahrhundert wieder.

Bei der spätherbstlichen Einbringung der letzten Ackerfrüchte, der Rüben, welche unter viel Mühe mit klammen Fingern aus dem glitschigen Lehmboden gezogen wurden, zogen die Kühe mit starren, von lauter Anstrengung vorstehenden Augen und weit vorgereckten Köpfen, wobei das hölzerne Joch auf Nacken und Brust presste, ohne Murren den vollgeladenen Wagen mit großer Anstrengung aus dem Acker auf die Straße mit halbwegs festem Untergrund, so als wüssten sie, dass es ihr Winterfutter war.

Die Tage schrumpften merklich, die Nächte dehnten sich und es schien, als gelänge es einer unbekannten Macht, der Sonne, sofern sie nicht unter einem dichten Nebelmantel nur vage ihren Lauf andeutete, täglich ein Stückchen mehr den Halbkreis, den sie in frohen Sommertagen über den Himmel zog, zu verflachen, sodass nur noch ein kümmerlicher Bogen den südlichen Horizont umspannte und eine der Kälte und Finsternis ausgelieferte Welt zurückließ. Doch während all des Sterbens der Natur, der ersten Schneeflocken, der immer kürzeren Tage und der früh hereinbrechenden Nächte, fing in den Menschen eine Hoffnung an zu keimen, eine wohlverdiente Zeit, nach dem das ganze Jahr geführten Überlebenskampf, der Advent. Die Früchte des Säens und Erntens lagen nun alle wohlverwahrt in den Scheunen und Speichern. Davon beruhigt und die Hoffnung der Geburt des Jesukindes machte die Menschen trotz des unwirtlichen Wetters ruhig und milde. Aufgestaute Aggressionen zerflossen, da man sie jetzt ruhiger überdenken konnte. Wieder war ein Jahr im Leben vorbei, ohne dass man sich die Zeit genommen hatte, darüber nachzudenken. Die Menschen hier wurden getrieben von festgelegten Zeiten des Säens, des Pflegens, des Erntens, gejagt von Gewittern, um das Heu noch trocken in die Scheune zu bringen, man betete um Regen, lag wach in den Nächten, wenn die Früchte zu verdorren drohten, trotz dass gesegnete Palmbuschen überall auf den Feldern steckten, um beim Grollen eines Nachtgewitters, wenn die ersten Tropfen gegen das Fenster klatschten, bangend in den Hof zu stürmen, um das lebensrettende Nass wie einen heiß ersehnten Gast zu begrüßen. Das waren Augenblicke der Erlösung vom drohenden Unheil, von Vernichtung und Tod. Es ging um das Überleben der Tiere, des Menschen, des Hofes. Jetzt im Advent ging es um die Einkehr, die Erkenntnis und das Weshalb und Warum, um die Freude, dass nach all diesen unmenschlichen Mühen, all diesen Sorgen eine andere Welt auf sie wartete und wofür dieses Kindlein die Erlösung war, das hilflos in der Krippe liegen würde und man all seine Liebe und Fürsorge dem Jesukindlein entgegenzubringen vermochte. Das alles machte froh und in einer schwerfälligen Art auch heiter. So manch schwielige grobe Bauernhand mochte in dieser Zeit verstohlen ein unbeholfenes Kreuz geschlagen und dankbar zum Himmel aufgeblickt haben, wo man das Jesukind vermutete. Wie jedes Jahr, wurde heuer in der Woche vor dem ersten Adventsonntag, die Kirche gründlich geputzt und geschmückt. Diese Arbeit oblag dem Messnerehepaar. Der Mann säuberte den Altar von dem sich seit Ostern angesammelten Staub und Kerzenresten. Er putzte vorsichtig und behutsam das filigrane Schnitzwerk des Altars, nahm aus den Nischen die Figuren der Heiligen, während die Messnerin den hölzernen Figuren die gleiche behutsame Prozedur zuteilwerden ließ. Diesmal half auch die halbwüchsige Enkelin der Messnerleute mit. Ihre Eltern lebten in der Stadt. Sie war bereits aus der Schule ausgetreten, hatte jedoch noch keinen Lehrplatz gefunden. Kosmetikerin wollte sie werden, sprachen die Leute im Dorf und sahen sich fragend an. Auch ihre Großmutter wusste nichts mit diesem Beruf anzufangen und es hätte sicher die Frauen sehr verwundert, wenn sie es gewusst hätten. Es war im Dorf doch Art und Sitte, sich alle Samstagabende von der Großmutter bis zu den Kindern im hölzernen Bottich von dem Schmutz und gegenseitigen Mühsalen der ganzen Woche mittels heißem Wasser und Seife zu entledigen. Für die rissigen, von der harten Arbeit zersprungenen Hände gab es eine mehr fette als milde Creme, damit sie nicht vollends aufrissen und die Arbeitsfähigkeit beeinträchtigt hätten. Verstohlen tupfte sich manch Bauersfrau diese Creme auch auf ihr wettergegerbtes Gesicht, obwohl ihrer Ansicht nach keine dringende Notwendigkeit bestand und sogar einen Hauch von Verschwendung in sich trug. Dieses Mädchen also, das ein Kind ehrsamer Großeltern war, welche noch dazu als besonders gottesfürchtig galten, hatte dunkle lange Wimpern, so lang und dicht, dass man vermeinte, einen Filmstar vor sich zu haben, den man in rührseligen verkitschten Filmen zu besonderen Anlässen, wenn es die Zeit und das Geld erlaubten, bestaunen durfte. Tage- und monatelang wurde so ein Film genüsslich bei der Arbeit in seine Einzelteile zerlegt und man hätte es nicht für möglich halten können, mit wie viel Scharfsinn und Beobachtungsgabe so ein Film nachträglich analysiert wurde. Die Bösen wurden in Grund und Boden verdammt und die Guten noch mehr heroisiert. Das war eine willkommene Abwechslung beim Kukuruzhäuten, wo man von Haus zu Haus zog, um bis spät in die Nacht die Kukuruzkolben von den Blättern freizulegen, damit man sie an vielen langen Stangen zum Trocknen regengeschützt aufhängen konnte. Bei solchen Gemeinschaftsarbeiten, wozu auch das Entschalen der Kürbiskerne oder das Federnschleißen gehörten, wurde über so manchen Nichtanwesenden der Stab gebrochen oder er wurde wider Willen ein Held. So war es also nicht verwunderlich, dass dieses junge Mädchen bei mancher der anwesenden Frauen ein gewisses Unbehagen hervorrief, denn es galten im Dorf Tugend, Arbeitskraft und Mitgift weitaus höher als Schönheit, denn diese verlor sich am Lande weitaus schneller, wenn die sengende Sonne die einstmals schöne Haut gerbte, die Arbeit den Rücken krümmte und die Arbeitskleidung die weiblichen Formen vollends verhüllte. Dieses Mädchen namens Katharina war jedoch zugleich schön und tugendhaft, half eifrig ihrer Großmutter, welche einen kleinen Hof bewirtschaftete. Es war immer freundlich, ohne eine gewisse Scheu den Dorfbewohnern gegenüber abzulegen.

Heute half sie ihrer Großmutter, die Figuren zu säubern, damit der Großvater sie danach wieder an den für sie angestandenen Platz stellen konnte. Maria, weiß gekleidet, mit blauen lebendigen Augen, schmückte den Seitenaltar. Sie stand auf einer blauen schlangenumwundenen Weltkugel und wurde so eben vom Messner heruntergehoben, um sie zur Reinigung bereitzustellen. Das Weiß ihres Mantels, wohl das Attribut der vielen Jahre, die sie nun zum Strahlen gezwungen war, war gealtert und ergraut. Maria hatte ein feines edles Gesicht, von dessen Augen eine seltsame Ausstrahlung ausging und deren feingliedrige Hände zum Gebet gefaltet, einen hölzernen Rosenkranz hielten, dessen große Kugeln so gar nicht zu den feinen Händen passten, sondern wohl eher zu einem Eremiten, welcher in seiner Einsiedelei dem Gebet ergeben war. Als Katharina vorsichtig mit dem weichen Lappen und dem Putzmittel die Madonna der Reinigung unterzog, blieb der Mantel gleich schäbig wie vordem. Großmutter wirkte derweil am Heiligen Stephanius an seiner grauschimmernden Rüstung und seinem purpurnen Umhang. Ratlos betrachtete Katharina ihr unbefriedigendes Werk. Das Weiß war grau. Das hat sich die Jesusmutter eigentlich nicht verdient. Manche Leute kaufen sich ständig neue Mäntel und Kleider. Und Katharina war von Mitleid erfasst, sollte Maria doch bald das Christuskind für die Menschheit gebären.

Adolf, jetzt Ministrant, war von seiner Großmutter zum Helfen in die Kirche geschickt worden. Als er das Mädchen sah, vergaß er sogar zu grüßen, so fasziniert starrte er es an. So ein schönes Mädchen hatte er noch nie gesehen. Katharina war dabei, der Heiligen Jungfrau den Mantel zu reinigen. Katharina war so vertieft in ihre Arbeit, dass sie Adolf nicht bemerkte. Adolf wollte grüßen, brachte aber keinen Ton heraus, nur ein leises Krächzen drang aus seinem Munde. Sie hielt inne.

„Hallo, du bist wohl der Ministrant?", sagte sie, „ich kenne dich von der Messe."

„Aber, aber ... ich kenne dich nicht, ich habe dich noch nie gesehen."

„Natürlich nicht", lachte sie ungezwungen, „du kannst doch nicht alle Kirchenbesucher kennen."

„Doch, doch, ich kenne sie sonst alle", versuchte er sich zu verteidigen.

„Aber mich hast du übersehen", lachte sie wieder.

„Meine Großmutter schickt mich, ob ich euch was helfen könne."

„Und du willst wirklich helfen?" Adolf bemerkte, wie ihm die Röte ins Gesicht stieg.

„Na, dann komm!" Sie drückte ihm den Lappen in die Hand, mit dem sie gerade den Mantel der Madonna erfolglos abgerieben hatte. Adolf rieb und rieb, aber als er keinen Erfolg sah, sagte er zu ihr: „Das geht nicht!"

„Nein, ich weiß, probieren wir etwas Anderes." Schnell schüttete sie grobes Putzmittel auf ihren Lappen und rieb vorsichtig an der Hinterseite des Umhanges. Sie hätte jubeln können vor Freude, erstrahlte doch dieser schäbige graue Mantel in strahlendem Weiß, weißer als weiß, einer Himmelmutter würdig. So strahlend wird sie am Tag des Jüngsten Gerichts neben ihrem Sohn stehen und sagen: ‚Dieses Mädchen hat mir einen neuen Mantel geschenkt, es muss mit seinen Eltern und Großeltern unbedingt in den Himmel.' Neben dem strahlenden Weiß schienen das feingezeichnete Gesicht und diese glänzenden Augen merklich gealtert.

Die Großmutter putzte die Mantelfalten des Heiligen Stephanius, Großvater stand auf der großen Leiter am Hauptaltar und reinigte die Zinnen einer Stadtmauer, welche den Hintergrund der pfeildurchbohrten Gestalt des Heiligen Sebastian darstellte. Zur Madonna gewandt sagte Katharina: „Ich werde dir ganz vorsichtig den Staub der vielen Jahrhunderte entfernen, ganz vorsichtig, ich tue dir bestimmt nicht weh, und du wirst jung und schön werden, wie du ehedem warst."

„Hast du etwas gesagt?", meldete sich die Großmutter, ohne von dem Heiligen Stephanius aufzuschauen.

„Nein, Großmutter, es ist nichts, ich rede nur mit mir selber." Behutsam reinigte sie die gefalteten Hände und entdeckte dabei, dass der Rosenkranz die Hände umschlang und nicht umgekehrt. Sie befreite die gefesselten Hände. Die Hände wurden glatt und wirkten jungfräulich.

„Bist du zufrieden?", flüsterte sie ihr zu. „Nun kommt dein Gesicht dran. Du müsstest eigentlich die Augen schließen, aber deine Augen muss ich erst reinigen, damit die Menschen, welche zu dir beten, dir in die Augen sehen können und das Gefühl haben, dass du sie erhörst."

Katharina reinigte mit äußerster Sorgfalt das Gesicht und wischte über die Augen. Plötzlich erstarrte sie. Zwei pupillenlose perlmuttglitzernde Augäpfel stachen starr aus einem weichen wunderschönen Gesicht heraus. Der Künstler hatte wohl, um die Leuchtkraft der Augen zu verstärken, die Augen mit Perlmutter belegt, die Pupillen darüber lasierend gemalt, dass die irisierenden Pupillen lebendig erschienen und das Weiß des Augapfels nur sparsam mit Farbe unterstrichen.

Katharina erkannte sofort die fatale Situation. Das Reinigungsmittel hatte die dünnen Lasurfarben weggefressen, welche auf dem glatten Untergrund sowieso eine schlechte Bindung hatten, sodass der blanke Hintergrund zum Vorschein kam. Adolf war erstarrt und schaute verzweifelt zu den Augen der Madonna.

„Sag nichts", flüsterte sie ihm zu und legte den Finger an ihren Mund.

„Nein, nein", sagte er und dachte, eher würde er sich die Zunge abbeißen.

„Ich habe Wasserfarben zuhause, die hat mir mein Onkel bei seinem letzten Urlaub geschenkt."

Nun galt es Großmutter und Großvater abzulenken, um den Schaden zu beheben.

„Hilf mir, Mutter Gottes, hilf mir, wenn du mich auch nicht sehen kannst, ich mache dich wieder sehend. In der Schule habe ich viele Gesichter und Augen gezeichnet, ich verspreche dir die wunderschönsten Augen der Welt, dass dein Mantel dagegen verblasst."

Während sie leise flehte, sagte plötzlich der Großvater vom Altar herab: „Ich denke, wir werden jetzt nachhause gehen, ich habe Hunger."

„Was, es ist erst elf Uhr!", sagte die erstaunte Großmutter.

„Ich habe schon Hunger", sagte er von der hohen Leiter und schickte sich bereits an, die luftige Höhe zu verlassen.

„Na, so was", Großmutter schien richtig erstaunt, aber sie war es wohl gewohnt. So wie es in der Bibel steht: Das

Weib sei dem Manne untertan! Und ohne weiteren Protest war sie bereit, dem Rufe ihres Mannes Folge zu leisten.

Die Madonnenfigur stand mit dem Gesicht zur Wand.

„Schön wird sie", lobte die Großmutter Katharina, „der Mantel ist wie neu!" Jetzt erst bemerkte sie Adolf: „Ah Adolf, willst uns wohl helfen, hat dich wohl deine Großmutter geschickt?"

„Ja, die Großmutter hat mich geschickt. Aber wenn ich gewusst hätte, dass ich euch helfen kann, wäre ich auch alleine gekommen."

„Ja, ja, bist ein guter Bub. Und willst du nicht mitkommen und mit uns essen?"

„Nein, nein, die Großmutter wartet doch auf mich."

Das Haus des Messners lag nur einen Steinwurf von der Kirche entfernt. Zuhause sagte die Frau, dass es ein bisschen dauern wird mit dem Essen. Großvater nahm es brummelnd zur Kenntnis, er wollte sich einstweilen etwas ausruhen, die Füße täten ihm weh von den Leitersprossen. „Da geh ich nochmal zurück, Großmutter oder soll ich dir helfen beim Kochen?" Großmutter beeilte sich zu versichern, dass dazu keinerlei Notwendigkeit bestände, denn der Ofen würde deshalb nicht schneller kochen, wenn zwei am Herd stünden und vorbereitet sei sowieso schon alles. So machte sich Katharina mit ihren unter ihrem Pullover versteckten Malutensilien, mit welchen sie Gesichter auf Papier zeichnete und bemalte, möglichst naturgetreu, auf den Weg zurück in die Kirche. Sie hörte gerade noch Großvater, wie er zu Großmutter sagte: „So einen Eifer wie Katharina, als ich so jung war, ob ich da auch so eifrig war?" Während Großmutter kochte, Großvater seine alten geplagten und schwerfälligen Beine auf der Bank hochlagerte mit seinem dauernden: Wann wird das Essen endlich fertig? – sich von der Großmutter immer wieder vertrösten lassen musste. „Gleich, gleich,

ich weiß nicht, der Ofen brennt heute nicht, dabei habe ich ihn erst gekehrt."

Katharina schlich leise aus dem Haus und mit ihren unter dem Pullover versteckten Malutensilien zurück in die Kirche. Sie malte der Madonna die schönsten blauen Augen, die je ein Maler der Jungfrau aufgemalt hatte. Mit künstlerischem Geschick lasierte und schattierte sie, ließ das Perlmutter blitzen. Gerade als sie fertig war, kam Adolf mit seinen Malfarben. Als er die Augen der Madonna sah, war er sprachlos.

„Nun haben wir zwei ein Geheimnis und das werden wir niemandem verraten, nein?"

„Nein", bestätigte Adolf. „Das werden wir bestimmt nicht!"

Es ward Heiliger Abend. Die mit vielen grünen Fichtenbäumen geschmückte Kirche erstrahlte in Hunderten Kerzen. Die Gläubigen, welche keinen Sitzplatz mehr hatten, standen dicht gedrängt im Zwischengang und in den Seitenaltären bis vorn an das Gitter, welches die Apsis vom Kirchenschiff trennte. Sie standen auf der Stiege zur Empore und hinter den Säulen der Empore. Langsam füllte sich die eiskalte Kirche mit wohliger heimeliger Wärme. Die Menschen von Hoffnung erfüllt, waren trotz des Sturmes, der seit Tagen tobte und eine eisige Kälte ins Land blies, von all den Weilern aus den Bergen, die zur Pfarrei gehörten, gekommen. Menschen, die nur einmal im Jahr zur Kirche kamen, kamen zur Christmette. Sie hörten die Frohe Botschaft der Menschwerdung, sie hörten die Verkündung durch die Engel, sie beteten mit den Hirten und zwischendurch sangen sie ‚Stille Nacht, heilige Nacht'. Und da der Pfarrer ein guter Prediger war, der sich nicht scheute auch Aktuelles auszusprechen, verkündete er nicht nur die Frohe Botschaft, sondern auch von einem Paar im Dorfe. Maria hat sich die Augen ausgeweint, weil niemand sie in der schweren Stunde aufgenommen hat. Sie war nicht verheiratet und trotzdem bekam sie ein Kind. Sie hatte einen Verlobten. Adolf wusste, auf wen die Predigt zielte, eine reiche Bauerntochter, die Einzige noch dazu, wurde von ihrem Vater verstoßen, weil sie einen Tagelöhner liebte, nun lebten beide in einem Raum des alten Schulhauses ohne Wasser, wo die Alten lebten, die Gemeindesozialen. Und während er predigte deutete er auf Maria, die auf dem Altar vis-a-vis der Kanzel stand. Manche blickten intuitiv zu Maria auf, ein kleiner spitzer Schrei, die Leute reckten die Köpfe.

Auf einmal entstand eine große Unruhe unter den Gläubigen. Irgendetwas auf dem Seitenaltar schien sie in ihren Bann zu ziehen. Der Altar war teilweise von hohen Tannenbäumen umstellt und die Menschen reckten die Köpfe, streckten die Hälse, starrten zum Marienaltar. Während der Wandlung, als der Wein durch die Finger des Priesters rann, sah Adolf, dass immer mehr Menschen vor dem Marienaltar niederknieten. Die Frauen weinten, aber es schien ein glückliches Weinen zu sein. Männer wischten verstohlen Tränen mit dem Handrücken weg.

„Hast du eine Ahnung, was da los ist?", flüsterte der Priester Adolf zu, während er den Wein in das Blut Christi verwandelte. Adolf wusste es nicht. Aber er hatte ein mulmiges Gefühl in seinem Bauch.

Vor der Kommunion stimmte plötzlich jemand das Marienlied an ‚Maria wir grüßen dich'. Die ganze Kirche erklang in diesem vielstimmigen Choral, dessen schrille Resonanzen kroatischer Frauen die dumpfen Männerstimmen unangenehm überlagerten. Der Pfarrer steckte die bereits geweihten Hostien wieder in das Tabernakel und versuchte durch das Gittertürl in das Kirchenschiff zu gelangen. Doch die Menge versperrte den Weg zum Seitenaltar. Der Pfarrer voran, Adolf dicht hinter ihm, kämpften sie sich Zentimeter um Zentimeter zum Altar durch. Ein Blick auf die weinende Madonna, in deren glitzernden Augen sich die hundertfachen Kerzen brachen, zeigte eine Madonna, die sich im wahrhaftesten Sinne des Wortes, die Augen ausweinte. Über ihr feines engelsgleiches Gesicht rann das Blau ihrer sich auflösenden Iris. Der Pfarrer stand zitternd und hilflos inmitten der singenden Menge. Hilfesuchend sah er sich nach Adolf um. Demutsvoll schlug dieser die Augen nieder und sang das Marienlied mit jubelnder Stimme mit.

Offenbar hatte Katharina den Menschen zu einem Wunder verholfen.

Aber dass es in der Kirche bitterkalt war und wie die Gläubigen die Kirche füllend mit heißem Atem ‚Stille Nacht, heilige Nacht' mit Inbrunst sangen, der Dampf auf den kalten Perlmuttaugen kondensiert hatte und die von Katharina mit wasserlöslichen Farben nachgemalten Augen abzurinnen begannen, wusste außer Katharina und Adolf wohl niemand, hatte Adolf doch versprochen, niemandem ein Sterbenswörtchen darüber zu sagen.

Der Marienaltar wurde zu einem stillen Wallfahrtsort.

Langsam leerte sich die Kirche. Die Kerzen wurden gelöscht, die elektrischen Luster ausgeschaltet. Das ewige Licht brannte einsam in der sonst stockdunklen Kirche. Nur durch die Bleiglasfenster fiel noch etwas Sternenlicht herein. Der Senator trat in die frostklirrende Nacht hinaus, wo das Land unter einem glitzernden Schneeteppich lag. Er schritt den asphaltierten Weg zum Friedhof entlang und ging ihn bis zum Ende des Friedhofes, so als würde ihn eine unsichtbare Macht dorthin ziehen.

Der Weg war gesäumt mit mehreren Gräberreihen, die übergangslos in einem Acker endeten. Früher stand an dieser Stelle noch ein Zaun, ein Geflecht aus Draht mit kurzen dünnen hölzernen Baumstämmen, von welchen man die Rinde entfernt hatte. Als man sich anschickte, Verteidigungsstellen zu errichten, entfernte man den Zaun an dieser Stelle.

Adolf, der jeden Tag das Grab seiner Mutter besuchte, sah heute dort einem Soldaten, der ein Loch in die Erde grub. Es hatte die gleiche Form, wie sie der Totengräber hier auf dem Friedhof immer schaufelte.

„Du bist aber nicht der Totengräber!", sprach Adolf den Soldaten an, da jener ihn nicht zu bemerken schien. Dieser stand bereits bis zur Hüfte im Erdreich und schaufelte unentwegt Erde über den Rand, sodass bereits ein kleiner Wall aufgeschüttet war. Jetzt hielt er inne und drehte sich um. Ein sommersprossiges Bubengesicht, verschwitzt von der harten Arbeit, musterte Adolf fast belustigt. „Aber vielleicht hast du meinen Vater gesehen? Weißt du, ich frage alle Soldaten nach ihm. Die Großmutter hatte meinem Vater geschrieben, die Mutter sei krank, er solle kommen, aber bis heute ist er noch nicht gekommen. Die Mutter ist schon tot. Sie liegt dort drüben. Der Franz hat immer zu mir gesagt, Vater müsse das Vaterland verteidigen, es gehe hier um mehr als um meine Mutter."

Der Soldat, noch selbst ein halbes Kind, sprang aus der Grube und stellte sich neben Adolf.

„Wo bist du denn?", immer über Adolf hinwegblickend. „Mir kam gerade vor, ich hätte mit einem Riesen gesprochen." Während der Soldat sich weiter suchend im Kreise drehte und Adolf nicht finden wollte, zupfte ihm jener zaghaft am Uniformrock.

„Hier bin ich!"

„Ah!" Der Bub in der viel zu großen Soldatenuniform blickte sich extragroß machend, auf Adolf hinab. „Da bist du ja! Meine Augen sind wohl auch nicht mehr die Besten!"

„Dieses Grab hier ist zu kurz, da passt kein Sarg hinein."

Der Soldat sprang wieder in den Graben. Hastig warf er eine Schaufel Erde nach der anderen heraus. Er sah nicht einmal auf. Adolf, ging zum Grab seiner Mutter, welches ganz in der Nähe war und setzte sich auf den Grabstein nebenan. Er hörte das Keuchen des Soldaten. Plötzlich hielt dieser inne, richtete sich auf und blickte um sich. Er schwitzte so stark, dass es aussah, als hätte er geweint.

„He, wo bist du denn?" Adolf lugte hinter dem Grabstein hervor. „Hier, bei meiner Mutter", sagte er mit fester Stimme. „Du willst ja nicht mit mir reden!"

„Aber, aber", sagte der große Junge. Sein blondes Haar war schweißverklebt. „Wer wagt es, so etwas zu behaupten?"

„Ich! Du wolltest nicht einmal wissen, wie ich heiße!", sagte Adolf schmollend.

„Du hast mich auch nicht gefragt, wie ich heiße."

„Es muss immer zuerst der Größere den Kleineren fragen."

„So, so!" Der Soldat wischte sich mit dem Ärmel den Schweiß vom Gesicht.

„Und wie heißt du?"

„Adolf!" Er sagte es stolz. „Wie unser Führer! Vater hat mich nach ihm getauft. Und wie heißt du?"

„Siegfried!"

„Ist das der, der den Drachen getötet hat?"

„Nur dem Namen nach. Für dein Alter weißt du allerhand. Dabei war dieser gar nicht in der Ostmark zuhause."

„War er dort zuhause, wo du herkommst?" Siegfried hatte sich neben Adolf gesetzt. „Du sprichst nämlich so, als ob du von weit herkämst."

„Ich komme von Sachsen, aber das wirst du nicht kennen."

„Kenn ich, kenn ich doch!", frohlockte Adolf.

„Und wo, mein kleiner Freund, liegt meine Heimat?"

„Weit im Norden des Deutschen Reiches!" Der Soldat war verblüfft. „Und woher weißt du das schon wieder?" Plötzlich wurde Adolf ganz traurig. Eine Träne rollte ihm über die Wange.

„Dort hinten liegt mein Freund Franzi, er hat es mir erklärt."

Der Soldat nahm ein Taschentuch und trocknete ihm vorsichtig die Tränen ab.

„Franz ist erst vorige Woche gestorben, er war so klug." Adolf wischte sich die weiter rinnenden Tränen mit dem Handrücken ab.

„Wie alt war er denn?"

„Das weiß ich nicht so genau, er war älter als ich, aber kleiner." Bekümmert saß Adolf da. „Meine Großmutter sagt oft, dass sie nun bald sterben werde. Und du gräbst auch schon ein Grab. Wer kommt in dieses Grab?"

„Wer in dieses Grab kommt? Ich weiß nicht."

„Ich habe nichts gehört, dass jemand gestorben sei. Und außerdem haben die Glocken nicht geläutet. Die läuten immer um drei Uhr und sehr lange. Dann wird das Grab geschaufelt. Ist das bei euch Soldaten anders?"

„Ja weißt du, meistens werden wir dort begraben, wo wir fallen, besonders im Rückzug. Das Loch wird zugeschüttet, du liegst drin. Das war's dann."

„Habt ihr Soldaten keine Totengräber?"

„Nein, wir Soldaten graben uns gegenseitig ein."

„Ohne Sarg grabt ihr euch ein in die Erde? Glaubst du, dass man den Bruder von Franzi auch so eingegraben hat? Ich hatte mal eine kleine Ente und die starb über Nacht. Ich hab ihr aus Karton einen Sarg gemacht und ihn bemalt. Ich wollte nicht, dass sie schutzlos in der dunklen Erde liegt. Und Mutter, der kann die Erde auch nichts anhaben, ihr Sarg ist aus dickem Holz und mit silbernen Kreuzen beschlagen. Und weißt du, sie liegt mit einem Polster und einer Decke ganz weich drin. Sie war sehr schön. Ich hätte sie dir gerne gezeigt. Auch den Franz, der war so klug. Der hat alle Bücher gelesen, die es im Dorf gab."

„Und du, wie viele hast du schon gelesen?"

„Ich gehe noch nicht zur Schule, ich kann noch nicht viel lesen, aber ich kann dafür meinen Namen schon schreiben."

„Was, du kannst deinen Namen schon schreiben?" Siegfried tat erstaunt.

„Ich weiß noch viel, viel mehr, aber über das muss ich schweigen", tat Adolf geheimnisvoll.

„Hast du jemandem dein Wort gegeben?"

Eine ältere schwarz gekleidete Frau kam den Weg herauf. Beide grüßten. Sie dankte. Die Frau besah das Loch, schaute auf den Soldaten und weinte.

„Zwei Söhne und der Mann dieser Frau sind schon gefallen und jetzt hat der Briefträger wieder einen braunen Brief, es ist der letzte Sohn." Siegfried war überrascht.

„Das hat der Franz mir gelernt."

„Was hat Franz dir gelernt?"

„Den Briefträger zu beobachten. Ich hab es schon vier Mal erraten."

„Und warum bringt er ihr nicht den Brief?"

„Er traut sich nicht, er wartet wahrscheinlich, bis die Front kommt, dann braucht er den Brief nicht mehr zuzustellen. Und die Frau kann immer noch hoffen. Es kam so lange schon kein Brief mehr von ihrem letzten Kind. Schreibst du deiner Mutter auch?"

„Ja, aber jetzt ist es sinnlos, sie musste flüchten."

Siegfried rauchte eine Zigarette, zog gierig daran, warf sie weg, kaum, dass er ein paar Züge daran gemacht hatte, und ging schnellen Schrittes wieder zu seiner Grube. Adolf folgte ihm. Schweigend sah er dem Grabenden zu. Nach einer Weile stieg Siegfried wieder heraus.

„Du bist noch immer da?", tat er erstaunt. Hinter dem Grabstein holte er sein Gewehr hervor, stieg wieder in die Grube, legte das Gewehr auf die aufgeworfene Erde und zielte in alle Richtungen. „Jetzt können sie kommen."

„Wer kann kommen?"

„Hör mal, Kleiner, wir haben Krieg, die Russen werden bald hier sein. Ich werde aus diesem Loch so lange schießen, bis ich keine Patrone mehr habe. Ich bin ein sehr guter Schütze, ein Scharfschütze, und überall in solchen Löchern werden Scharfschützen hocken und mit wenigen Patronen möglichst viele Russen in den Himmel oder besser noch in die Hölle schicken. Vielleicht kriegen wir Nachschub an Munition, bevor sie kommen. Das verlängert unser Leben."

„Und wenn keine Munition kommt?"

„Dafür ist vorgesorgt. Hier auf diesem Friedhof, werde ich mein Leben beenden. Ich habe mein Stellungsloch so groß gemacht, dass ich bequem darin liegen kann. Wenn die Russen noch zwei Tage auf sich warten lassen, werde ich sogar mein siebzehntes Lebensjahr vollenden können." Sie gingen den Friedhofsweg hinunter bis zur Kapelle. Adolf fand, Siegfried war ein Held.

Die Front ließ auf sich warten. Derweil wurden Siegfried und Adolf Freunde. Der Himmel brannte schon im Osten am Horizont. Trotz dumpfen Kanonendonners dauerte es noch eine Woche bis die ersten deutschen Einheiten demoralisiert und erschöpft das Dorf erreichten.

Ein Panzer rollte die staubige Straße herauf. Ein Panzer. Adolf stockte der Atem. Ein Panzer mit dem deutschen

Hoheitszeichen, das Vater in Form des Ritterkreuzes am Halse trug. Er war außer sich. Ein Panzer. Er rannte dem Panzer hinterher, wie viele andere Kinder auch, die in der Straße wohnten. Doch plötzlich tuckerte der Motor. Der Panzer blieb stehen. Die Luke öffnete sich. Ein junger Soldat schaute heraus, hielt eine Karte in der Hand. Er sprang vom Turm, ebenso ein zweiter Soldat. Sie waren wütend. Sie hatten kein Benzin mehr, um den Panzer in die vorgesehene Position zu bringen. In gleicher Nacht noch zerstörten sie ihn, damit er nicht in Feindeshände fiele oder gar gegen sie eingesetzt werden würde. Sie hatten kein Benzin auftreiben können.

Schon am nächsten Morgen, als die Sonne im Osten aufbrach, kamen die Russen wie Ameisen in braunen Wellen über die erhöhte Triftfläche. Schwarze Silhouetten hoben sich gegen die aufgehende Sonne ab und wurden von den schweren deutschen MG's niedergemäht, neue Wellen brachen über den Kamm herein. Die Soldaten benutzten die Toten als Deckung, aber die schweren Geschosse durchschlugen die Toten und die Lebenden. So starben viele russische Soldaten kurz vor dem Ziel, verheizt von verblendeten Kommandeuren, welche sie in das verzweifelte Abwehrfeuer der Deutschen trieben.

Als der Angriff zum Erliegen gebracht wurde, setzten sich die Deutschen ab, ein schweres Maschinengewehr mit ihrer Besatzung zurücklassend, postiert an einer Nahtstelle des Tales, wo sie drei Tage die Angriffe der Russen abwehren konnten. Als ihnen die Munition ausging, ergaben sie sich ihren Feinden.

Man trieb sie durch das Dorf auf die Triftäcker hinaus und aus Rache erschlug man sie mit den Gewehrkolben, sodass sie mit zertrümmerten Schädeln und ausgeschlagenen Zähnen noch wochenlang dort lagen.

Adolf wusste nicht mehr, ob er sie tatsächlich dort liegen gesehen hatte oder ob diese Bilder nur in seiner Phantasie nach Erzählungen Anderer so real existierten.

Die deutschen Soldaten wussten längst um den verlorenen Krieg. Doch hinter ihnen standen fanatisierte Offiziere mit ihren Kettenhunden, die sich immer noch an den Eid ihres Führers gebunden fühlten. Mancher Soldat, der seine Einheit ob der Aussichtslosigkeit verlassen hatte, wurde von der Militärpolizei aufgegriffen und an Bäumen erhängt mit einer Tafel auf seiner Brust, auf der stand: Ich habe mein Volk verraten!

Auch Adolf hatte sie gesehen. Zwei Soldaten schaukelten vor einer Woche im Winde auf einem Birnenbaum nahe der Straße, sodass jeder sie sehen konnte. Sein Vater hätte das nicht gemacht, dessen war er sich sicher. Aber nun war der Führer tot, hieß es im Radio. Warum und für wen sollten die Soldaten noch kämpfen? Keiner konnte Adolf darauf antworten.

Die Russen griffen das Dorf an. Die Bewohner versteckten sich in den Erdkellern und suchten im großen Schulkeller Schutz.

Ein großer hagerer Mann torkelte die schmale Kellertreppe hinunter. Er trug einen großen breitkrempigen schwarzen Hut auf seinem verrunzelten Kopf. Sein langer grauer Bart war vom Feuer versengt. Eine lange Pfeife baumelte aus einem nicht sichtbaren Mund. Einige Frauen nahmen den wohl Neunzigjährigen stützend an den Armen und führten ihn in eine Ecke des Kellers. Der alte Mann hatte sich geweigert, sein Haus zu verlassen. Dann brannte seine Keusche aber ab. Er brummelte und grummelte in seiner Ecke etwas Unverständliches vor sich hin. In seiner edlen Pfeife, die auf eine höhere Herkunft schließen ließ, verbrannte er den Tabak, den er selber hinter seinem Haus angebaut hatte.

Die Kellertür wurde wieder geschlossen, sodass die Detonationen und das Gewehrfeuer nicht mehr so bedrohlich erschienen. Die Erde bebte von einschlagenden Granaten. Plötzlich wurde die Kellertür aufgerissen: „Faschiste, Faschiste!"

Russische Soldaten richteten ihre MP's auf das untere Ende der Stiege, sprangen sogleich die Stufen herunter und richteten die Gewehre auf die zu Tode Erschrockenen.

„Faschiste! Faschiste! SS!", schrie einer der Soldaten.

Sie suchten deutsche Soldaten. Adolf verkroch sich tief unter Großmutters Kitteln und harrte dort, bis die Soldaten den Keller wieder verließen. Es wurde ruhiger draußen.

Adolf suchte seinen Vater. Er suchte ihn unter den toten deutschen Soldaten, die überall lagen. Kugeln pfiffen über ihn hinweg. Er wurde niedergerissen, ein Körper bedeckte ihn, sie lagen in einem Graben. Der Soldat hatte eine erdfarbene Uniform an.

„Was du hier machen?"

„Ich suche meinen Vater", stotterte Adolf.

„Dein Vater Soldat?"

„Ja!"

„Hier er kämpfen?"

„Nein, nein, wir haben schon ein Jahr nichts mehr von ihm gehört."

Der Soldat lag so, dass er ihn halb bedeckte und er zündete sich eine Zigarette an, die fürchterlich stank. Hier lagen sie wohl in relativer Sicherheit. Der Graben war ausgetrocknet, die Kugeln pfiffen, hie und da hörte man eine Granate explodieren. Der Soldat rauchte mit stoischer Ruhe. Plötzlich zog er ein Etui aus seiner Uniformtasche, entnahm ihr ein Foto, ein abgegriffenes Foto. Darauf waren eine Frau und ein Kind zu sehen, er gab es Adolf in die Hand.

„Das mein Frau, das mein Sohn!"

„Meine Mutter ist schon gestorben."
Der Soldat zündete sich eine weitere Zigarette an.
„Wann?", fragte der Soldat.
„Vor einem Jahr, Franz ist auch tot."
„Wer ist Franz?"
„Mein Freund."
„Aha", sagte der Soldat. Plötzlich pfiff eine Granate daher, explodierte neben ihnen im Graben. Schwer lag der tote Soldat über Adolf, sein Blut rann auf Adolfs Körper.

Er wusste später nicht mehr, wie er in den Schulkeller gekommen war. Zitternd verkroch er sich unter Großmutters Kittel, das Foto, noch immer in seinen Händen haltend.

Die Russen besetzten nun schon einige Zeit das Dorf. Adolf schlief wochenlang nachts mit der Großmutter in der Scheune, tief vergraben im Stroh. Er hörte, wie die randalierenden, betrunkenen Soldaten die Haustüre einschlugen. Sein Herz pochte laut in seinen Ohren, während er sich krampfhaft an die Großmutter klammerte, die ihn leise beruhigte. Am Morgen nagelte sie die Türe wieder einigermaßen zu.

Alle kräftigen Frauen wurden zusammengetrieben und an die einige Kilometer entfernte, zum Stillstand gekommene Front gebracht. In Schussweite der deutschen Gewehre und Granaten mussten sie Laufgräben und Bunker ausheben. So schwiegen auch die deutschen Gewehre, um die Frauen nicht zu gefährden, obwohl sich noch mancher Sohn oder Vater der bereits arg geschrumpften Verteidiger an den Eid gebunden fühlte, den er auf seinen Führer und das deutsche Volk geleistet hatte. Die Gräben wurden in der Mitte der Frontlinien zwischen den Deutschen und den Russen ausgehoben, um so Stück für Stück vorwärts zu kommen und deutsches Gebiet einzunehmen. In der Nacht versuchten deutsche Soldaten, diese Gräben wieder zu zerstören.

Geschändete Frauen, die der deutschen Linie zuliefen, um den Russen zu entkommen, wurden erschossen und blieben im Vorfeld der Bunker tagelang liegen.

Dann zogen die Russen ab. Adolf konnte wieder in seinem Bett schlafen und es wurde ruhiger. Er liebte den Platz vor dem verbrannten Haustor, stundenlang konnte er hier sitzen und manchmal hatte er das Gefühl, Franz säße neben ihm wie früher. Er schaute nicht zur Seite, um seine Illusion nicht zu zerstören. Adolf ging auch oft auf den Friedhof, er besuchte zuerst die Mutter, dann den Franz und Siegfried.

Einmal gab es für die Kinder von der UNESCO ein in eine grau-grüne Blechbox verpacktes Geschenk, in dem auch Schokolade war. Obwohl Adolf nicht wusste, wie Schokolade schmeckte, brachte er sie, ohne auch nur zu kosten, zu Franz. Er vergrub die Schokolade in Franzens Grabhügel. Nachher war ihm viel leichter. Er hatte zumindest eines seiner Versprechen eingelöst.

Und Adolf Sommer alias Ben Sawyer sah auf der Titelseite der Zeitung einen riesigen Hurrikan auf sich zurasen, der Dämme brechend eine riesige Flutwelle hinter sich herzog.

Eine Windhose tanzte die staubige Straße herunter, ein Vorzeichen des nahenden Sturmes und des sich entladenden Gewitters, das schnell und schwarz am Himmel herbeizog. Bald klatschten die ersten schweren Regentropfen, schlugen Krater in die mit einer dicken Staubschicht bedeckte Straße. Ihre Bewohner schlossen die Fensterläden und manch inbrünstiges Gebet wurde bereits zum Himmel geschickt, als die ersten Blitze über dem Himmel irrlichteten und mit donnernden Schlägen das Land unter sich bedeckten. Von Ferne durchdrang das Geläute einer Glocke das sich anbahnende Inferno.

Eine Sirene heulte, kaum mehr hörbar unter dem niederprasselnden Wolkenbruch, welcher die Flutwelle hinter sich herzog, zuerst aus den Ufern der Strem trat, um dann das ganze Tal vom Norden bis zum Süden in einen einzigen braunbrühigen See zu verwandeln.

Adolf fand sich mit seiner Rosenkranz betenden Großmutter am kleinsprossigen Fenster und jedes Mal, wenn der Hof von einem Blitz erhellt wurde, unterbrach sie ihr Gebet, um von der Heiligen Jungfrau Hilfe zu erbitten. Durch die Sandsäcke vor der Tür sickerte das lehmfarbene Wasser in die Stube, welche sie zwischendurch mit einem großen Tuch in einen Kübel wrang, ohne ihr Gebet zu unterbrechen.

Die entfesselten Wassermassen zogen durch den Hof, eine gelbe Brühe, auf welcher der schwere Regen klatschend einstach, um einen See brodelnden Infernos zu hinterlassen.

Draußen bei den Ställen kämpfte Mutter verzweifelt gegen die Flut. Barfüßig, mit aufgeschürztem Kleid watete sie in kniehohem Wasser, versuchte mit allen möglichen Mitteln das Eindringen in die Ställe zu verhindern.

Der Hagel zerschlug die Bäume mit ihren reifen Früchten, das Korn auf den Feldern, die Dachziegel der Häuser und so manche Fensterscheibe zerbrach in tausend Scherben, als eiergroße Hagelkörner auf sie niederprasselten.

Das Vieh brüllte vor Schmerz auf der Weide, floh, der archaischen Gewalt ausgeliefert, vor dem nicht zu entrinnbaren Inferno in Gräben und Bäche stürzend, Knochen brechend und ertrinkend. Manch blinde Kuh stand vor ihrem Stall, zu nichts zu gebrauchen, als Milch zu liefern, bis sie dem Fleischhauer ausgeliefert wurde.

Der ganze Sommer roch nach Regen, schmeckte wie die Schale nach faulender Erde, die wenigen Sonnenstrahlen waren so selten, wie Glanzlichter auf einem düsteren Bild.

Prächtig gedieh nur das Unkraut, die Trauben verfaulten noch während des Wachstums. Das Getreide wollte nicht reifen, dafür wütete der Pilzbrand im Korn. Die Ähren wuchsen aus, noch ehe die Ernte eingebracht werden konnte. Die vom Hagel zerschlagene Frucht stak mit geknickten Halmen in der lettigen Erde. Die Strem, welche das Tal durchströmte, überflutete mehrmals während des Sommers mit brühigem Wasser, Gehölz und allerlei schwimmbaren Hausrat das Tal.

Sie raubte das Holz, welches aufgeschichtet auf den Winter wartete und hob es über die niederen Zäune, Heuhaufen schwammen auf den talbreiten See und wenn das Wasser zurückfiel aus dem fast ebenen gefälllosen Tal, langsam, fast widerwillig abzog, jede Menge Tümpel und Zerstörung hinterlassend. Angeschwemmte Tiere mit prallen Bäuchen, bleckenden Gebissen und lehmverklebten Fellen fingen sich an Zäunen und Sträuchern, lagen auf ebenen Feldern und Wiesen, wenn sie das Wasser nicht mehr zu tragen vermochte. Von dem mühsam geernteten Heu bekamen die Rinder Milzbrand und mussten geschlachtet werden. Jedes Mal hofften die gepeinigten Bewohner, dass es wohl das letzte Mal sein möge. Weiter fiel der Regen mit elementarer Gewalt, sintflutartig abgelöst von tosenden Gewittern mit Flächenblitzen, welche den Himmel und das überflutete Land in ein grelles Inferno stürzten, durchwoben von einem Spinnenmeer eines verästelten, aus einer geballten Kraft sich teilenden, millionenfach streuenden, leuchtenden Dornennetzes, welches den Himmel sekundenlang umspannte. Die dichten ineinander gewobenen Donnerschläge wurden von den Sirenen der Feuerwehren unterbrochen, welche mehr eine Ankündigung eines aussichtslosen Versuches und eines Bemühens darstellten, denn als wirksame Hilfe zu werten waren.

Hagel und Sturm zerfaserten Blätter und Früchte, von den Bäumen knickten die Zweige, brachen die Äste und fällten diese. Entwurzelte Baumleichen, deren Lebensader zerrissen und deren Lebensquellen unterbrochen, mit den in die verwüstete Landschaft starrenden Wurzeln, lagen zerstreut über dem Land überall umher. Manche von ihnen trotzten, nicht gewillt sich dem Sturme zu beugen, oder brachen. Besonders die Flächenwurzeln fanden in dem aufgeweichten Boden keinen Halt mehr.

Auf den Hügelketten verwandelten die Unwetter die schmalen Fahrwege in gurgelnde Sturzbäche, rissen die festgefahrenen Lehmböden auf, Schluchten entstanden, ganze Hänge sackten ab, rissen die dünne Schotterung mit.

Adolf stand auf der neuen Brücke und schaute in das tiefe Bachbett hinunter, sah auf die beiderseits von hohen Dämmen eingesäumte Strem, die nun gezwungen wurde, das Tal gradlinig zu durchfließen. Aus den unzähligen Mäandern ihres alten Verlaufes wurde sie in ihr nun neues Bett gedrängt, um all die Zuflüsse – sei es, dass sie aus dem Gebirge kamen, wo sie ihre Quelle hatten – sei es, dass sie die Wasser, welche die tosenden Unwetter geboren, in sich aufgrund ihres Volumens nun aufzunehmen im Stande war, die moorigen Wiesen trocken und die Bauern nun mühelos ihr Heu einzubringen vermochten.

Er hörte sein Herz schlagen, laut dröhnte es in, über und neben ihm, füllte den Raum zwischen den lautlos brennenden Häuserzeilen, durch dessen Flammenmeer er unbeschadet schritt, vorbei an Gestalten seiner Kindheit, vorbei an den gefallenen Soldaten, vorbei an dem verkrüppelten Freund, welcher mit großen traurigen Augen vor seinem Haustor in seinem Holzwägelchen saß, wohl wartend, dass ihn jemand ein Stück mitnehme. Er traf Rosa, welche mit wirren Haaren und toten Augen seit Jahren ihren Mann und ihre Söhne suchte. Er sah Grünauer, wie er im Weiher versank. Er sah Ivan, einen der russischen Soldaten, der gerade ein Kind mit seinem Körper deckend, vor einer explodierenden Granate den Tod fand. Er sah den Hinkerhannes, hinter welchem eine Schar grausamer Kinder in gleichem Takt und Schritt in einigem Abstand hinterher hinkte, einen langen Zug erschöpfter hungriger Menschen, von SS-Soldaten getrieben, denen eine Frau einen Laib Brot schnitt, einen kreuztragenden Jungen, einen Leichenzug anführend, dessen Sarg Andreas, seinen Freund barg, mit einem dicken Priester hinter dem Sarg gehend.

Und über ihm tobte ein Luftkampf und aus den abgeschossenen Flugzeugen lösten sich brennende Fallschirme mit toten Soldaten, eine Maria, die sich die Augen ausweinte und ein brauner See, der sich träge über das Tal ausbreitete.

Und er ging an einem Haus vorbei, wo er ein dickes zeterndes Weib sah, die vor einem halb offenen Haustor lautstark mit verkrampftem Mund mit unflätigen Wörtern nach ihrem Pflegekind rief, welches sie als ihren Knecht nutzte und der wieder einmal entfleucht, sich irgendwelchen kindlichen Vergnügen hingebend, nicht aufzufinden war und jedes Mal, wenn er verängstigt und mit schlechtem Gewissen nachhause schlich, eine Tracht Prügel ihm zuteilwurde.

Erschreckt durch einen brennenden Panzer und eine Windhose, welche flammig zuckend die Gasse hinunterraste, alte Männer mit grauen Bärten, Frauen mit vor schwerer Arbeit gekrümmten Rücken, kamen aus brennenden Häusern und verschwanden in ebensolchen, das große hölzerne Kreuz stand flackernd inmitten der Gasse. Christus hing brennend auf ihm. Der riesenhafte Kastanienbaum, dessen Zweige und Äste waren ein Gewirr von glühenden himmelwärts zeigenden Nadeln und Pfählen. Auf dem brennenden Kreuz hing noch ein Mann mit seltsam verdrehtem Kopf. Sein Herz schlug schnell und schneller, laut und lauter und er überwand die Gasse, wurde hinausgepresst in eine Ebene, aus der es kein Erwachen gab.

Willibald Rothen

wurde 1938 in dem kleinen südburgenländischen Bocksdorf geboren. Seine fränkischen Vorfahren zählten lt. Stegersbacher Chronik zu den Patrizierfamilien des bereits 1391 zur Marktgemeinde erhobenen Ortes.

Seit 1604 lebten sie als „Freie" im ehemaligen Deutschwestungarn, das von ungarischen Magnaten beherrscht wurde.

Er trauert nicht verblichenem Ruhme nach, trotzdem ließ er einige Anekdoten und Legenden aus dieser Zeit in seinen Romanen, Theaterstücken und Satiren einfließen, die er Zeit seines Lebens geschrieben hat, welche vielfach einen sozialkritischen Hintergrund haben und deren Ansätze er in seiner 40-jährigen Selbstständigkeit als Maler und Restaurator aber auch als Beobachter massenhaft in seinem Umfeld vorfand. Derzeit lebt er in Ungarn, in Burgenland, Wien und Niederösterreich.

Erfülltes Leben
Vom kriegsblinden Bauernjungen zum erfolgreichen Rechtsanwalt
Bernhard Lindmayr

In seiner Biografie schildert Dr. Bernhard Lindmayr das alltägliche Leben seiner Kindheit zwischen den beiden Weltkriegen. Seine Schulzeit wurde geprägt von der damaligen NS-Zeit. Kurz vor Ende des Krieges wurde er bei einem Angriff schwer verletzt und erblindete völlig.

ISBN 978-3-85022-059-0 · Format 13,5 x 21,5 cm · 474 Seiten
€ (A) 23,90 · € (D) 23,20 · sFr 41,90

Kriegsverwendungsfähig
Hedy Fohringer

Die in diesem Buch abgedruckten Briefe geben Einblick in das kurze Leben meines Großvaters Martin Moser. Sie waren viele Monate lang die einzige Verbindung zu seinen Liebsten nach Hause. Und sie erzählen von seinem Dasein an der Front, von seiner Sehnsucht nach Frau und Kind, von unerschütterlichem Optimismus und Lebensbejahung, und vor allem von seiner innigen Liebe zu seiner Familie ... „Will fest hoffen, daß dich diese Zeilen bei bester Gesundheit antreffen, und sag euch recht gute Nacht, immer Dein Matl und Vati."

ISBN 978-3-902536-40-2 · Format 13,5 x 21,5 cm · 54 Seiten
€ (A) 12,90 · € (D) 12,50 · sFr 23,50

Auf Umwegen ans Ziel
Georg Borowski

In bewegenden Worten schildert der Autor seine Lebensgeschichte, erzählt von einer Kindheit, die geprägt war von den Wirren des 2. Weltkrieges. Nach der Schule heuert er bei einer Reederei an und fährt jahrelang zur See. Dabei bereist er alle Weltmeere und Kontinente, sieht fremde Länder und lernt Menschen vieler Nationalitäten und Hautfarben kennen.

ISBN 978-3-85022-226-6 · Format 13,5 x 21,5 cm · 204 Seiten
€ (A) 16,90 · € (D) 16,40 · sFr 30,10